Wolfgang Bader (Ed.)

novum #17

VOLUME 1

novum pro

Bibliografische Information
der Deutschen Nationalbibliothek:

Die Deutsche Nationalbibliothek
verzeichnet diese Publikation in
der Deutschen Nationalbibliografie.
Detaillierte bibliografische Daten
sind im Internet über
http://www.d-nb.de abrufbar.

Alle Rechte der Verbreitung,
auch durch Film, Funk und Fernsehen,
fotomechanische Wiedergabe,
Tonträger, elektronische Datenträger
und auszugsweisen Nachdruck,
sind vorbehalten

Die in den Texten wiedergegebenen
Ansichten entsprechen ausschließ-
lich jenen der jeweiligen Autor*innen
und spiegeln nicht die Meinung des
novum Verlages wider.

© 2025 novum publishing gmbh
Rathausgasse 73, A-7311 Neckenmarkt
office@novumverlag.com

ISBN 978-3-7116-0700-3
Umschlagfoto:
Sara Winter | Dreamstime.com
Umschlaggestaltung, Layout & Satz:
novum Verlag
Innenabbildungen:
S. 108, 111 © Freepik,
S. 169 © Sendner Hartwig

Die von den Autoren zur Verfügung
gestellten Abbildungen wurden in der
bestmöglichen Qualität gedruckt.

Gedruckt in der Europäischen Union
auf umweltfreundlichem, chlor- und
säurefrei gebleichtem Papier.

www.novumverlag.com

Inhaltsverzeichnis

Berger Petra
Tante Elfriede ist tot 9

Bethge Volker M.A.
**Eine Streitschrift – Ecce Homo Beobachtungen –
Meinungen – Einsichten** 16

Busch Arne
Gedichte 28

Döll Hans-Dieter
Gedichte 33

Engel Vivian
Wanderbetten 40

Ersöz Serkan
Willkommen in Deutschland 51

Haselbeck Fritz
Gedichte 58

Jun Carola
Gedichte 63

Kellner Marion
**Eine Gute-Nacht-Geschichte aus dem
Zwergerldorf Blumenwies** 68

Kockel Silvia
Alle Jahre wieder … 76

Kummer Rolf
Kurzgeschichten 82

Li To
Belauschte Gespräche 93

Matthias Ulrich
Kurzgeschichten 102

Mittermair Maximilian
Geschichten von der Front – Tagebucheintrag 112

Pape Andreas
Das gestohlene Herz und andere Geschichten 118

Post Erich
Wilddiebe 135

Roedel Rita
Kirschen stehlen 142

Schelbert Karin
Warzone 150

Schmidt Ara
Gedichte, Kurzgeschichten 156

Schneider F. Astrid
Der Mann im Spiegel 161

Sendner Hartwig
Ein Buch für Selbstdenker 167

Teske Christine
Bitte tretet leise ein und zieht die Schuhe aus 170

Villiger Manuela
Fördert Sein oder Nichtsein ein zufriedenes, glückliches Leben? 174

Widmann Rolf
Kurzgeschichte 180

Winters Olivia Emma
Kurzgeschichten 197

Wulfinghoff Karin
Kurzgeschichten 202

Berger Petra

Tante Elfriede ist tot

ANNA

Die Nachricht hatte sie erschüttert. Tante Elfriede ist tot. Anna saß im Dunkeln in der Küche, so konnte sie mit geschlossenen Augen ihren Gedanken freien Lauf lassen. Das brauchte sie jetzt ganz besonders, nachdem der Brief eingetroffen war. Seit Jahren hatte sie nichts, rein gar nichts von ihrer jüngeren Schwester Hilde gehört. Und heute kam der Brief, mit detaillierten Beschreibungen der Umstände, die zum Tode der Tante führten. Und irgendwie typisch für Hilde, Tragik hatte bereits ihre gemeinsame Kindheit bestimmt. Bei der Trennung ihrer Eltern war Hilde 2 Jahre alt und Anna musste sich mit ihren gerade mal 9 Jahren um die kleine Schwester kümmern. Die Eltern hatten sich ständig gestritten, alles drehte sich um die beiden Erwachsenen, um ihre Bedürfnisse, ihre Sorgen und Wünsche. Anna fühlte sich allein gelassen, mit sich und mit Hilde. Nachdem der Vater die Familie verlassen hatte, musste sich die Mutter von jetzt auf nachher allein um die Familie kümmern und war mit der Situation hoffnungslos überfordert. Und Hilde war ein Schreihals, sie kam schon so zur Welt. Sie forderte von allen in der Familie Aufmerksamkeit, schrie oder weinte die ganze Nacht ohne Unterbrechung. Man konnte Hilde nicht allein lassen und so blieb Anna meistens bei ihr, trug sie auf den Armen herum und versuchte sie zu beruhigen. Ihre Mutter saß meistens untätig im Wohnzimmer auf der Couch. Sie wirkte wie gelähmt und der Welt entrückt.

Und da gab es noch Brigitte, die mittlere Schwester, sie war 7 Jahre alt. Von ihr bekam Anna so gut wie gar nichts mit. Meistens lag sie stillschweigend auf der Couch. Sie tat brav, was man ihr sagte, zeigte keinerlei Eigeninitiative, redete nicht viel. Für Anna war sie kaum wahrnehmbar.

Und dann verließ der Vater die Familie. Mitten in der Nacht verschwand er spurlos. Die Mutter saß schluchzend im Wohnzimmer auf der Couch. Am nächsten Morgen kamen die Nachbarn vorbei. Natürlich hatten sie die Streitereien der Eltern mitbekommen und das laute Schreien von Hilde. Frau Brehm kümmerte sich um sie und Anna. Herr Brehm brachte frisch zubereiteten Pfefferminztee. Im Nachhinein hatte Anna angenehme Erinnerungen an die Nachbarn, sie waren freundlich und hilfsbereit.

Am nächsten Morgen rief die Mutter ihre Schwester Elfriede an, die im Nachbarort bei den gemeinsamen Eltern wohnte. Und Tante Elfriede kam noch am selben Tag zu ihnen. Sie war die ältere Schwester von Else, nicht verheiratet und wohnte bei den Großeltern im Haus. Sie packte alles Notwendige ein und nahm Hilde mit zu sich. Und Anna musste zugeben, dass Hilde auf den Armen von Tante Elfriede viel ruhiger war. Und von da an behielt sie Hilde bei sich.

Danach fiel die Familie auseinander. Zu Tante Elfriede und ihrer Schwester hatten sie wenig Kontakt. Hin und wieder trafen sie sich zu Geburtstagsfeiern, und das letzte Mal war es die Beerdigung ihrer Mutter, die bei einem Autounfall ums Leben gekommen war. Anna und Brigitte waren bereits volljährig und gingen ihre eigenen Wege. Von ihrem Vater hatten sie nie wieder etwas gehört.

Und nun war auch Tante Elfriede tot, ein Unfall, schrieb Hilde in ihrem Brief. Sie war die Kellertreppe hinuntergestürzt, der Notarzt hatte einen Genickbruch festgestellt. Zum Glück musste sie nicht leiden. Nach Aussagen von Hilde wollte die Tante keine große Gesellschaft bei der Beerdigung, nur eingeäschert und in einer Urne bestattet werden.

Anna bedauerte es, dass sie nicht die Gelegenheit hatte, sich von ihrer Tante zu verabschieden. Das brachte die Entfernung über die Jahre mit sich. Auch hätte sie gerne ihre Schwester Hilde wieder getroffen, selbst wenn der Anlass traurig gewesen wäre.

Mit Sicherheit würde Hilde alles erben, das Haus, den Garten, hatte sie doch immer alles mit Hingabe zusammen mit ihrer Tante gepflegt. So sah es zumindest bei ihren gelegentlichen Besuchen aus.

Ob Brigitte auch einen Brief bekommen hatte, ging ihr durch den Kopf. Denn die würde es wahrscheinlich ganz anders sehen, hatte sie doch ein etwas gestörtes Verhältnis zu Schwester und Tante. Zumindest hatte Anna den Eindruck. Vielleicht sollte sie mal mit ihr telefonieren, hatten sie auch schon länger nicht mehr getan.

BRIGITTE

Sie hatte den Brief ihrer Schwester Hilde gelesen und sofort weggeworfen. Was ging sie das an, dass Tante Elfriede tot war. Kontakt zu ihrer Schwester und Tante hatte sie schon lange nicht mehr. Die Kindheitserlebnisse hatten sie traumatisiert, die Streitereien der Eltern, die überforderte Mutter und ihre beiden Schwestern, um die sich immer alles drehte. Als ihre Mutter nach der Trennung vom Vater mit ihren Töchtern allein war, waren die Nachbarn ständig um sie herum. Sie wollten wissen, ob alles in Ordnung sei, und das nervte Brigitte einfach. Sie wollte nur einfach ihre Ruhe haben.

Sie war froh, als Tante Elfriede ihre kleine quengelnde Schwester zu sich nahm. Es trat etwas Ruhe zu Hause ein, wenn auch immer noch jeden Tag die Nachbarn vorbeikamen. Sie sparten nicht mit Ratschlägen, und das nervte Brigitte. Sie war gerne für sich und hing ihren Gedanken nach. Im Gegensatz zu Anna, die gerne draußen mit den Nachbarskindern spielte, war Brigitte am liebsten in der Schulbibliothek und stöberte in den Bücherregalen. Lesen war für sie einfach alles. Am liebsten mochte sie Science-Fiction, Zukunftsvisionen im Weltraum, und sie lernte die Geschichte der Sternkunde auswendig. Später waren es Sachbücher zu Themen wie Geografie und Physik. Sie hätte gerne studiert, aber als Mädchen vom Lande wurde ihr das verwehrt. Der Schulrektor meinte, sie würde ja doch heiraten und Kinder bekommen und somit reine Zeitverschwendung. Das frustrierte sie sehr, und sie konnte es deshalb nicht erwarten, aus diesem Ort wegzukommen.

Nun ging ihr wieder der Tod der Tante durch den Kopf, ein Unfall soll es gewesen sein. Brigitte fiel der Unfalltod ihrer Mutter vor 7 Jahren ein. Es war ein Autounfall. Mutter war auf dem Weg zu Tante Elfriede in den nächsten Ort, sie hatte Hilde bei sich, die bei ihnen zu Besuch gewesen war. Ihre Mutter hatte beschlossen, dass die Jüngste mehr mit ihren Schwestern zusammen mehr Zeit verbringen sollte. Brigitte ging durch den Kopf, dass Hilde bei beiden Unfällen dabei gewesen war. War das Schicksal? Bei dem Unfall ihrer Mutter konnte sich Brigitte das nur nicht so recht vorstellen. Hilde war 7 Jahre alt gewesen und saß auf dem Rücksitz. Das Auto war bei Regen von der Straße abgekommen und gegen einen Baum geprallt. Die Mutter war sofort tot, und Hilde zum Glück nichts passiert. Brigitte überlegte – sowohl Mutter als auch Tante waren durch einen Genickbruch gestorben. Und Hilde beide Male anwesend.

Brigitte verwarf diese Gedanken sofort wieder. Wie konnte sie sich so etwas nur ausdenken. Auch wenn sie ihre jüngere Schwester nicht besonders mochte, wollte sie ihr doch keine Tötungsdelikte unterstellen. Hilde war zwar in vielerlei Hinsicht recht fordernd bezüglich Aufmerksamkeit und stand gerne im Mittelpunkt, aber ihr eine so perfide Art zu unterstellen, wollte sie nun doch nicht.

HILDE

Sie hatte es ihren Schwestern mitgeteilt, jedem einen Brief geschrieben. Sicher würden sie keinen Bezug zum Tod der Tante haben. Das letzte Treffen fand bei der Beerdigung der Großmutter statt. Das war vor ziemlich genau 4 Jahren. Um diesen Tod hatte sie sich nicht kümmern müssen. Die Großmutter siechte ein halbes Jahr nach dem Tod des Großvaters vor sich hin, dann starb auch sie. Hilde hatte das bereits bedacht. Sie kannte ihre Großeltern gut und wusste, wie eng sie miteinander verbunden waren. Daher war ihr klar, sie musste sich nur um den Großvater kümmern. Und das war recht einfach. Sie war gelernte Krankenschwester und hatte die Betreuung für ihn übernommen. Er war herzkrank und musste Tabletten nehmen, sogenannte Betablocker. Eines Abends verabreichte sie ihm vor dem Schlafengehen wie gewohnt die Tabletten. Sie sagte ihm, dass es ein anderes, besser wirkendes Medikament wäre. Er vertraute ihr und nahm sie ein. Hilde wusste, dass ihr Großvater die Tabletten nicht gut vertrug und hatte daher die Dosis erhöht mit dem Ziel, seinen Tod herbeizuführen. Und so war es auch, am nächsten Tag war er tot. Sie war ihrem Ziel einen Schritt nähergekommen.

Die Idee war ihr nach dem Unfalltod ihrer Mutter gekommen. Mutter wollte, dass Hilde mehr Zeit mit ihren Schwestern verbringen sollte. Aber Hilde hatte keine Lust auf Familie. Anna, die ältere Schwester, die ihr ständig sagte, was zu tun ist, und Brigitte, die mittlere Schwester, ließ sie ständig in der Familie schlecht dastehen. Egal, ob es um Kleidung, Essen oder Unternehmungen ging, nichts passte Brigitte. Und die Mutter unternahm nichts dagegen. Sie meinte nur, so ist Familienleben.

Und dann der Autounfall. Das Auto war von den Nachbarn, der Familie Brehm, die immer sehr hilfsbereit waren. Mutter wollte Hilde zurück zu Tante Elfriede bringen. Es hatte geregnet, und sie kam in einer Kurve ins Schleudern und von der Straße ab. Das Auto fuhr frontal gegen einen Baum. Zum Glück saß Hilde auf dem Rücksitz und war angeschnallt. Ihre Mutter war zwar auch angeschnallt, aber das Auto war so alt, dass es weder ABS noch einen Airbag hatte. Sie starb an einem Genickbruch. Nach dem Schock fand Hilde langsam wieder zu sich. Eine Person weniger, die ihr das Leben schwer machte. Und so entstand ihr Plan.

Ihre Schwestern waren außen vor, führten sie doch ihr eigenes Leben, was wohl ihr Glück war. Nach dem Tod der Großeltern musste sie sich nur noch um ihre Tante kümmern, dann würde sie endlich ein eigenständiges Leben führen können.

Das Ganze gestaltete sich allerdings etwas schwierig, Tante Elfriede war trotz ihres Alters recht fit, sie fuhr viel Fahrrad und war auch geistig recht rege. Sie war in einem Schachclub und liebte die Gartenarbeiten, pflanzte Tomaten, Zucchini und anderes Gemüse an und pflegte ihre Apfel- und Birnenbäume. Sie bereitete daraus Ratatouille und Apfelmus zu und lagerte die Vorräte im Vorratskeller. Und so kam Anna auf die Idee. Es war ein altes Haus und die Kellertreppe war recht steil. Eines Abends fragte Anna ihre Tante, ob es noch Nachtisch gäbe. Sie wusste, dass es keinen mehr in der Küche im Kühlschrank gab und schlug ihrer Tante vor, sie solle doch etwas aus dem Keller holen, am liebsten wäre ihr Obstsalat. Ihre Tante zögerte zuerst, aber Anna meinte, dafür würde sie sich um den Abwasch kümmern. Sie gingen beide ins Treppenhaus, die Tante griff nach der Kellertür und Anna tat so, als wollte sie ihr beim Türöffnen behilflich sein. Tante Elfriede trat an den Treppenabsatz und in diesem Moment gab ihr Anna einen leichten Stoß von hinten in den Nacken. Die Tante stürzte die Stufen hinunter, sie konnte vor Überraschung nicht schreien. Der Schubs bewirkte, dass Elfriede mit dem Kopf voran auf das Geländer und anschließend auf die Stufen fiel.

Hilde atmete tief durch ... wartete ..., ob ein Lebenszeichen den Körper durchlief oder sonstige Bewegungen ihr signalisierten, dass die Tante noch lebte oder ob ihr Plan erfolgreich gewesen war. In der Stille, die sich auftat, konnte niemand das Lächeln sehen, das sich auf ihrem Gesicht ausbreitete.

Bethge Volker M.A.

Eine Streitschrift – Ecce Homo Beobachtungen – Meinungen – Einsichten

Ecce Homo. (Joh.-Ev. 19,5) – Idoú ho ánthropos. Seht, da ist der Mensch. Seht den Menschen. Siehe der Mensch. Als der römische Prokurator/Statthalter Pontius Pilatus etwas ratlos diese beiden Worte im Verfahren gegen den Angeklagten Jesus, den Nazarener, sprach, wusste er kaum, was er sagte. Nur im Evangelium des Johannes ist uns dieses bemerkenswerte Urteil überliefert. Wäre die Christenheit der Programmatik des Römers gefolgt, wäre Geschichte anders verlaufen; die Christenheit hätte eine völlig andere „Theologie" entwickelt; sie hätte sich mit der Botschaft ihres Jesus von Nazareth begnügen können; sie wäre dem bis in unsere Tage hinein wirkenden unseligen Kampf um die Deutungshoheit mit den anderen monotheistischen Religionen aus dem Weg gegangen. Sie hätte der Macht entsagt. Das ist die These dieser Schrift: wäre die Christenheit bei ihrem Leisten geblieben, der unbedingten Zuwendung des Menschen zu seinem Mitmenschen – unter Verzicht auf abgrenzende, ausgrenzende, verachtende, gewalttätige, zerstörende „Theologie" hätte sie – lange vor den historischen Entwicklungen der Renaissance, des Humanismus und der Aufklärung, der Entfaltung des Gedankens der universalen Menschenrechte – eine Theologie des Menschen entworfen und gelebt. Einer der zentralsten und grundstürzenden theologischen Einsichten aus dem Erleben mit dem Nazarener, dass Gott im Menschen unter Menschen lebendig ist (Menschwerdung Gottes) wurde verraten, als sich die frühe Christenheit anschickte, Religion unter Religionen zu sein; das heißt, die Frage nach Gott der Frage nach dem Menschen vorzuordnen. Oder umgekehrt: die Frage nach dem Menschen der Frage nach Gott unterzuordnen. In den Tagen der ersten Gedanken zu dieser Streitschrift erscheint das Wochenmagazin „Der Spiegel"

(Nr. 18/28.04.2018) mit dem Aufmacher: Gott, ach Gott, ach Gott; wobei im ersten GOTT das O als grüner türkischer Halbmond, im zweiten GOTT das erste T als gelbes Kreuz, im dritten GOTT das O als blauer Judenstern erscheint. Der Untertitel: „Kopftuch, Kreuz, Kippa: Das deutsche Ringen um Identität – der Glaube und sein Missbrauch". Ja, es war ein zum Himmel schreiender Irrweg, der mit den Berichten über das leere Grab am Ostermorgen begann. „Ecce Homo". Da wurde ein Mensch angeklagt, dem Pilatus schon zweimal vorher bescheinigt hatte: Ich sehe keine Schuld an ihm. Auf keinen Fall war das die Anklage. Es war eine Feststellung. Aber er sprach aus, was zu einer der entscheidendsten inhaltlichen Glaubensaussagen der Christenheit werden musste: Wenn Christen von Gott sprechen, sprechen sie vom Menschen. „Menschwerdung Gottes" hätte zum Alleinstellungsmerkmal der Christen in religiös aufgeladenen Zeiten um die Jahrtausendwende zum 1. Jahrhundert werden können. Sie wurde es nicht, nicht wirklich. Sie wurde es auch niemals danach. Menschwerdung Gottes könnte Alleinstellungsmerkmal der Christen in religiös aufgeladenen Zeiten der Gegenwart sein. Es ginge um ein Moratorium der Rede von Gott. Es würde endlich darum gehen, das Elend der Menschheit durch die Zeiten, die Kriege, den Hass, die politisch betriebene Verelendung an den Pranger zu stellen. Es würde endlich darum gehen, die große Kraft einer weltumgreifenden Christenheit in die Waagschale zu werfen, die sich – das ist doch nicht strittig – schon heute auf vielfältige Weise dem Elend in all seinen Dimensionen widmet, aber unterm Strich doch versagt. Sie hat die Chance vertan, eine Gemeinschaft zu sein, die vor allem dem Humanum dient. Seit der Machtoption, die mit dem Kaiser Konstantin im 4. Jahrhundert und dessen kolportierter Parole „In hoc signo vinces" – dem Symbol des Kreuzes zugeordnet – dem Christentum angedient wurde, ging es bergab. Fatal für die Bekenntnisbildung der frühen Kirche, die bis heute nicht revidiert wurde, ist die Tatsache, dass 327 der Kaiser das erste ökumenische Konzil nach Nicäa einberief, das das Dogma von der Dreifaltigkeit bestätigte. In Konstantinopel wurde dann – wiederum auf kaiserliche Anordnung – der Kompromiss der 2-Naturen-Lehre angenommen. Beides ist nie verstanden worden. Christliche Christologie ist somit auch das Ergebnis politischer Einflussnahme und politischen Ordnungswillens des 4. Jahrhunderts und der Zeiten danach. Man gelangt zu einer unbefriedigenden Einsicht: Die Antwort auf die Frage, wer er denn sei, die schon Jesus seinen Jüngern stellte, ist über weite Strecken ein Kampf um die Deutungshoheit. Salopp darf unterstellt werden: Es wird uns doch was einfallen. Aber die Sache ist zu ernst: Die Zerrüttung des christlichen Zeugnisses zog die Zerrüttung der mit ihm entstehenden westlichen und europäischen Kultur nach sich. Das heute wieder aus durchsichtigem politischem Machtkalkül beschworene „christliche Abendland" und die sogenannte „Leitkultur" sind kein Zeugnis der Humanität. Die Konsequenzen aus dem Ecce Homo eines Pilatus bleiben bis heute marginal. Die Kirche hat das Pilatusprogramm nie wirklich verstanden und umgesetzt. Sie war überwiegend mit Nebensächlichkeiten beschäftigt. Womit? Dazu einige Beispiele aus jüngerer Zeit: Ein junger Mann, Adam Armoush, ein israelischer Araber, der in Berlin studiert, lässt sich überreden, mit einer Kippa auf die Straße zu gehen. Er weiß, was er tut; es ist so etwas wie ein Experiment. Er wird von einem anderen Araber, einem Syrer, Kriegsflüchtling in Deutschland, der ihn wegen der Kippa für einen Juden hält, angegriffen. Adam Armoush filmt den Vorgang. Ein Angriff auf Juden und ihre Symbole ist in Deutschland untragbar. Mit Recht. Und die Kippa wird – auch bei kirchlichen Würdenträgern – zum tausendfachen Symbol der Solidarität mit jüdischem Leben in Deutschland nach dem Holocaust. Nach dem 2. Weltkrieg war es aber keinesfalls selbstverständlich, dass die Kirchen ihr eigenes Versagen im Nationalsozialismus zum Thema gemacht hätten. Weder das Barmer Bekenntnis aus dem Jahr 1934 noch das sog. Stuttgarter Schuldbekenntnis 1945 richten den Fokus auf die Rolle der evangelischen Kirchen in Zeiten der Juden- Vernichtung. Dabei hätte es doch gereicht, man hätte in den jüdischen Mitbürgern schon damals den Kollegen, den Nachbarn, den

Mitmenschen gesehen. Man hätte sich sogar auf den Saulus aus Tarsus, den späteren Apostel Paulus, berufen können, der in einem lichten Moment wenigstens für die Getauften sagen konnte: „Da gilt nicht mehr Jude oder Grieche, nicht mehr versklavt oder frei, nicht mehr: Mann oder Frau, denn alle seid ihr Einer in Christus Jesus." (Gal. 3,28, zitiert nach U. Wilkens, Das neue Testament, Hamburg 1970) Jesus, der von einer Christentaufe nichts wusste, hätte das noch inklusiver ausgedrückt. Ein anderes Beispiel: Der derzeitige Ministerpräsident Bayerns lässt vor einigen Jahren durch sein Kabinett den Beschluss fassen, in öffentlichen Gebäuden ein Kreuz als Symbol christlich-abendländischer Leitkultur aufzuhängen. Eine Debatte ist eröffnet, an der sich nach einigen Tagen auch die Vorsitzenden der beiden großen christlichen Kirchen beteiligen; der damalige Vorsitzende der katholischen Bischofskonferenz wurde mit der bemerkenswerten Einsicht zitiert, dass der so Handelnde das Kreuz nicht verstanden habe. Das ist das Eingeständnis, dass die Kreuzespredigt der Kirchen über Jahrhunderte wirkungslos blieb. Mehr Verständnis wäre ja vielleicht möglich gewesen. Spiegel online: aus der „Lage" vom 25.04.2018 ätzt: „Gewinner des Tages ist, nun ja, Jesus Christus. Schließlich hat er, wie wir seit gestern wissen, mit Markus Söder den treuesten Diener auf Erden, den er sich wünschen kann. Söders Kabinett hat nämlich beschlossen, Bayern wieder zu christianisieren. Als erster Schritt werden in allen Behörden des Freistaats Kreuze aufgehängt. Wer also geglaubt hatte, dass auch in Bayern die Säkularisierung unaufhaltsam voranschreitet, der hat sich geirrt. Wenn erst in jedem Einwohnermeldeamt ein Kreuz hängt, werden sicher auch bald die Kirchen wieder voll sein. Und Söder ist ein Platz im Himmel sicher." Nachrichten wie diese regen kaum noch auf. Die Reaktionen der Kirchen in Deutschland bleiben widersprüchlich." Ein drittes Beispiel: Das Frauenwerk der Nordkirche und der Konvent evangelischer Theologinnen in der Nordkirche und andere veranstalten im Mai 2018 in der Lübecker Marienkirche einen Kongress mit dem Untertitel: Wege der Schriftauslegung; es geht um Hermeneutik, um den feministischen Paradigmen- wechsel. Eigentlich geht es um die Frage, ob Frauen in der Kirche ein geistliches Amt übernehmen können. Partnerkirchen aus Polen und den baltischen Ländern, die die Frauenordination ablehnen, sind geladen und durch Referentinnen vertreten. Im Flyer zum Kongress heißt es: „Vor 60 Jahren wurde Elisabeth Haseloff als erste Pastorin in eine Gemeinde in Lübeck eingeführt. Im Jahr 2016 hat die lettische Synode per Verfassungsänderung beschlossen, Frauen von der Ordination auszuschließen. Wir nehmen sowohl das Jubiläum als auch die bittere Erfahrung zum Anlass, um auf unserem Kongress die Auseinandersetzung um die sachgerechte Auslegung der Bibel entschlossen weiter voranzutreiben – im Gespräch unter Theolog*innen aus dem Ostseeraum. So beleuchten wir wichtige Aspekte zur Hermeneutik in Theorie und Praxis. Es werden sowohl Grundlagen als auch neuere Ansätze aus ganz unterschiedlichen Kontexten dargestellt, diskutiert und angewendet." Man reibt sich die Augen. Ist das wirklich möglich, dass nach langen Zeiten des Kampfes für die Gleichstellung der Frauen in Politik und Gesellschaft und Kirche ernsthaft im Jahr 2018 ein solcher Kongress stattfindet? Die Satisfaktionsfähigkeit derer, die Frauen immer noch den Zugang zu geistlichen Ämtern verweigern, tendiert gegen Null. Welche „hermeneutische" Erkenntnis soll denn gewonnen werden? Natürlich hat es in der Theologiegeschichte – vor allem dann des 20. Jahrhunderts – immer neue Versuche gegeben, der Menschenfreundlichkeit des Evangeliums systematischen Ausdruck zu geben. Aber das alles ordnete sich ein in ein Kirchentum, das sich religiös verstand – und auch den religiösen Bedürfnissen der Mitgliedschaft entgegenkommen wollte und bis heute will. Dem Versuch des bedeutenden Systematikers Karl Barth, den Religionscharakter des christlichen Glaubens zu bestreiten, war kein nachhaltiger Erfolg beschieden. Er hatte auch andere Motive als die hier vorgetragenen. Auch in der theologischen Forschung wird der Pilatussatz schlicht vergessen. Zwei Beispiele mögen genügen. In einem sonst lesenswerten Buch, „Die Religion der ersten Christen" von Gerd Theißen kommt der Name Pilatus vor: z. B. S. 86, aber es fehlt jeder Hinweis auf das Gespräch mit Jesus. Das Buch von Klaus Hengst, „Wie das Christentum entstand" verzichtet auf den Namen „Pilatus". Er erwähnt nur die Kreuzesinschrift. Sie wurde immerhin von Pilatus verfügt und dreisprachig durchgesetzt. In den ersten drei Jahrhunderten wurde das Motiv des Menschen zwar nicht vergessen, aber es wurde mehr und mehr drittrangig – dieses Alleinstellungsmerkmal des Mensch gewordenen Gottes ging im religiösen Umfeld des frühen Christentums unter; zwischen allem anderen, was auch noch geglaubt werden sollte. Und da fiel vielen viel ein. Schon im frühesten uns bekannten ausformulierten Glaubensbekenntnis – dem Romanum, zuletzt aus der Zeit um die Mitte des 3. Jhd. – findet sich die bekannte Zeile „geboren aus ... Maria der Jungfrau". (nach Friedhelm Winkelmann, Geschichte des Christentums, S. 111) Eigentlich hätte die Zeile genügt – in der letztlich gültigen Fassung: „geboren von der jungen Frau Maria". Dass der Übersetzungsfehler – von der jungen zur Jungfrau aus dem jüdischen Bibelbuch der frühen Christenheit (Altes Testament) – der ja nicht umstritten ist – zu einem Zentrum der Frömmigkeit wurde, das über Jahrhunderte unsinnige Blüten trieb, ist einer der tragischen Momente des sich entwickelnden Glaubens. Jeder, der dies liest, weiß, wie Kinder gezeugt und geboren werden. Jesus war ein Mensch; er war Sohn seiner Eltern. Es ist plausibel, dass er den Beruf seines Vaters, eines Bauhandwerkers, also eines Häuslebauers aus dem gänzlich eher unbekannten Nazareth, lernte und ausübte. Er wuchs in jüdischer Tradition auf. Er kam in die Pubertät wie alle jungen Menschen; er hatte Freunde und Freundinnen, ehe er – so um die 30 Jahre – sich entschloss, Jünger um sich zu sammeln. Nicht als erster und einziger. Wir dürfen hoffen, dass er Erwartungen und Träume für sein bevorstehendes Leben hatte. Es wäre komisch, wenn er nicht mindestens einmal verliebt gewesen wäre in ein Mädchen seiner nahen oder ferneren Nachbarschaft. Wir hören nichts über seine Sexualität, die er ohne Zweifel gelebt haben muss. Wir hören nichts um die konfliktreichen Auseinandersetzungen eines

Pubertierenden zu seinen Eltern. Nur der Evangelist Lukas bewahrt eine Geschichte vom 12-jährigen Jesus, die aber eine andere Zielrichtung hat. (Lk. 2,41–52) Wir hören allerdings Erstaunliches über das Verhältnis zu seinen Eltern, dann speziell zu seiner Mutter und seinen Geschwistern (Mk. 3,31–34). Aber da geht es längst um seine Sendung und um Jüngerschaft. Er ist also bereits voll in seinem Metier. Aber es bleibt doch höchst erstaunlich, dass das Interesse an den 30 Jahren seines Lebens vor seinem öffentlichen Wirken so gering ist. Erst in den späteren Legenbildungen tauchen Fragen danach auf. Aber da ist alles längst verdorben: er muss Vögelchen aus Ton zum Fliegen bringen und anderes mehr aus diesem Genre. Nein, der Mensch Jesus, Sohn des Josef und der Maria, ist weitgehend ein Unbekannter. Erst ein Römer war es, der es eben mit dem guten schlagenden Argument auch ins Glaubensbekenntnis geschafft hat: „unter Pontius Pilatus gekreuzigt und begraben". „Siehe ein Mensch". Und selbstverständlich begegnet uns in den von allen Evangelisten überlieferten Leidenstagen vor jüdischen und römischen Anklägern ein Mensch, stellvertretend für alle, die bis heute in seine Klagen einstimmen: Möge der Kelch vorübergehen; möge das Schicksal nicht zuschlagen; wie sieht die Zukunft aus. Und am Ende steht die Gottesferne, die durch die Jahrhunderte auf unterschiedliche Weise und ohne Antwort Menschenherzen bewegt: „Mein Gott, warum hast du mich verlassen?" Wo war Gott? Warum lässt Gott das zu? Menschwerdung Gottes. Die frühen Spuren des sich entfaltenden Glaubens stellen nicht die Menschwerdung in den Mittelpunkt, sondern die „Auferstehung", sei es die „Auferstehung Christi" oder/und die „Auferstehung aller". Der als größter Apostel geltende Zeltmacher – aus Tarsus in Kleinasien stammend – Saulus/Paulus, auch er ein Jude, hat sich durchgesetzt. Es gab Opposition. Gegenüber der christlichen Gemeinde in Korinth argumentierte er äußerst kompliziert: 1. Kor. 15. Die Komplexität der Thematik wird schon bei diesem Apostel und seinen direkt nachfolgenden Schriftstellern deutlich. Natürlich noch mehr in der Bibliotheken füllenden Literatur der folgenden Jahrhunderte.

Nur ein Beispiel: Der im Jahre 2018 für sein Lebenswerk geehrter Professor und ehemaliger Bischof von Lübeck, Ulrich Wilckens (gestorben 2021), hat im Jahr 1970 eine Übersetzung des Neuen Testaments vorgelegt. Wertvoll ist seine durchgängige wissenschaftliche Kommentierung der biblischen Texte. Gefühlt sind seine Anmerkungen zum 15. Kapitel des 1. Korintherbriefes die umfangreichsten. Speziell im Blick auf die Frage nach der Leiblichkeit der Auferstandenen konstatiert er: „Paulus zeigt eine gewisse Hilflosigkeit dieser Frage gegenüber." Man müsste heute – selbstverständlich absolut untheologisch – salopp formulieren: Nichts Genaues weiß man nicht. Wenn man in österlichen Tagen einen beliebigen Gottesdienst besucht, wird man von „gewisser Hilflosigkeit" den Fragen gegenüber wenig oder nichts hören: Die paulinische Lesart der Problematik ist irgendwie an der Basis angekommen. Wird sie auch verstanden? Es ist doch darauf zu beharren, dass Glauben und Verstehen zwei Seiten der gleichen Medaille sind. Gemessen an der Verve seiner Einlassung dürfen wir vermuten, dass die Ablehnung der Auffassung, es gäbe eine Auferstehung der Toten, in Korinth verbreitet war; eigentlich doch eine vernünftige Überlegung. Die war ja letztlich auch durch die Aufzählung all derer, denen der Auferstandene erschienen sein sollte, vernünftig nicht wirklich zu widerlegen. In Zeiten der Naherwartung des baldigen Endes aller Zeiten lagen dann eben Fragen nahe: wie eine Auferstehung der Toten denn im Einzelnen zu denken wäre; und was denn am Ende aus denen würde, die bereits gestorben sind. Biblische Autoren, die auf die offenen Fragen eine Antwort fanden, haben den Vorzug, dass ihnen niemand widersprechen will. Am Ende steht ein unbefragter Biblizismus, der die Spannungen zwischen den Einlassungen, Meinungen einebnet, unterm Strich eigentlich nur zitiert und auf Allgemeinplätze ausweicht. Jeder Gottesdienstbesucher kann davon Sonntag um Sonntag eine Anschauung gewinnen. Auf keinen Fall auch war das, was wir die Menschwerdung Gottes nennen, der Grund für die Martyrien, denen Christen zu Zeiten römischer Kaiser ausgesetzt waren. Die Märtyrer wähnten sich in einem Loyalitätskonflikt zwischen dem Glauben an ihren Herrn, den Kyrios, Jesus von Nazareth, und dem römischen Kaiserkult. Es war ein tragischer Konflikt, der u. U. unnötig gewesen wäre, wie die weitere Entwicklung der Debatte etwa im 3. Jahrhundert zeigt. Irgendwann musste die Frage beantwortet werden, wie und ob die, die dem Druck des drohenden Martyriums nicht hatten standhalten können, wieder in die Gemeinde aufgenommen werden konnten. Die Wahl war: eine Kirche der Auserwählten, der Reinen oder eine Kirche, die auch Schwachen gegenüber offen blieb. Unter maßgeblichem Einfluss des römischen Bischofs setzte sich die gemäßigte Linie durch. Der Rigorismus eines Bischofs von Karthago, Cyprian, blieb auf der Strecke. Es ist eine interessante Herausforderung, dem Kirchentum gegenwärtiger Provenienz nachzuspüren. Auf der einen Seite gibt es scheinbar ungebrochene religiöse Traditionen. Dazu gehört das in protestantischen Gottesdiensten überwiegend gemeinsam gesprochene Glaubensbekenntnis. Aber die Zurückhaltung, dieses Bekenntnis der Gemeinde zuzumuten, ist unverkennbar. Da werden sog. moderne Bekenntnisse an gleicher Stelle gesprochen; oder man lässt die Gemeinde Bekenntnislieder des Evangelischen Gesangbuchs (EG) singen. Sehr beliebt sind dabei die beiden Lieder EG 183 und 184; das durch Luther nach einer Vorlage des 15. Jhd. getextete Bekenntnis „Wir glauben all an einen Gott", und ein Gedicht von Rudolf Alexander Schröder aus dem Jahr 1937, das erst 1948 durch Christian Lahusen endgültig vertont wurde. Inhaltlich bieten die Texte grundsätzlich nicht viel Neues; aber die gesungene Sprache scheint geeignet, dem Unverstandenen eine Brücke ins scheinbare und gefühlte Verstehen zu bauen. Zu den unaufgebbaren Traditionen gehören selbstverständlich die Sakramente, einerseits. Aber an Taufe und Abendmahl lässt sich auch demonstrieren, wohin wir mit volkskirchlicher Praxis geraten sind. Die Sakramente bzw. ihre Handhabung haben weitgehend allen Bezug zur Tradition verloren. Es wäre interessant zu erkunden, wie weit das gemeinsame Verständnis darüber reicht, was dort eigentlich geschieht. Hier wird nicht für eine Rückkehr zur Arkandisziplin beim Abendmahl der frühen Kirche plädiert. Die Voraussetzung der Taufe beim Zugang zum Abendmahl ist längst geschleift. Das wird hier nicht bedauert. Aber es bleibt doch die Frage erlaubt, ob noch irgendetwas gewusst wird – wenn das je gewusst wurde – von der Ernsthaftigkeit des Vollzuges, die über gefühlte Emotionen hinaus reicht. Oder gibt es erkennbar Übereinstimmung darin, dass inzwischen alles möglich ist. Wir müssen uns ehrlich machen. Zwei Erfahrungen mögen zeigen, was gemeint ist: In den 80er Jahren des 20. Jhd. tobte eine heftige Debatte um die Zulassung von Kindern zum Abendmahl. Für die einen war die Sache klar: Lasst die Kinder zu mir kommen und wehrt ihnen nicht. An diesem Jesuswort mussten sich die Verweigerer messen lassen. So einfach, so theologisch begründet. Oder? Für die Zögerlichen war die Sache auch klar. Sie setzten sich hier und da mit der Einlassung durch, es müsse doch einer Zulassung wenigstens so etwas wie eine Einweisung ins Verstehen des Sakramentes vorausgehen. Kinder sollten also erst einmal ein paar Stunden „Abendmahl" lernen. Das war natürlich absurd. Am Ende standen Kinder ganz selbstverständlich neben ihren Eltern oder anderen Gemeindegliedern. Sie verstanden, was sie verstehen konnten. Niemand fragte sie danach. Sie standen neben Erwachsenen, die auch verstanden, was sie verstehen konnten – und niemand fragte sie danach. Da stehen heute manchmal einfach kleine und große Menschen miteinander in der Runde und freuen sich daran, dass sie einfach nur kleine und große Menschen sind. Wein oder Saft, Hostien oder richtiges Brot, den Kelch an den Lippen oder „Intinktion" (das Eintauchen der Hostie in Wein oder Saft; ein Erbe der orthodoxen Kirchen) – wen kümmert das? Manchmal darf man gar denken, dass die Hygiene die Theologie längst übertrumpft hat. Zweites Beispiel: Im Jahr 1989 fand im Herbst in der VELKD- Akademie in Tutzing ein Fortbildungsseminar für lutherische Theologen statt. Thema: das Abendmahl – neben der überraschenden Öffnung der die beiden deutschen Staaten trennenden Mauer am 3. Oktober 1989. Unter der sensiblen Leitung des damaligen Direktors wurde es möglich, den dogmatischen Ballast, den jeder der Theologen mitgebracht hatte, zu hinterfragen. Die Irritation war komplett. Die unterschiedlichen Annäherungen an dieses zentrale Element des christlichen Gottesdienstes wurden evident. Was „glauben" Christen denn, wenn im Vollzug der Abendmahlsliturgie eine Wortkaskade über die Feiernden hereinbricht. Die sog. Einsetzungsworte mögen noch das kleinste Übel sein. Wenn dann zu besonderen Zeiten zu sog. Agapemahlen geladen wird, ist die Absicht mit Händen zu greifen: es soll irgendwie nicht so steif und insgesamt menschenfreundlicher zugehen. Das ist ja zu begrüßen; aber die mitschwingenden Vorbehalte sind nicht zu übersehen. Menschen kommen zusammen, um gemeinsam zu essen und zu trinken. Das ist doch eigentlich ein ziemlich normaler menschlicher Vorgang, der innerhalb von Familien, Nachbarn, Freunden – ja auch in Kirchengemeinden bei allerlei Festen selbstverständlich praktiziert wird. Es sei hier erinnert an die „Ehrfurcht vor dem Leben", dem sich Albert Schweitzer in seinem Buch „Kultur und Ethik" widmete. Ich zitiere aus der im C.H. Beck-Verlag erschienenen Sonderausgabe, München 1960: „Wahre Philosophie muss von der unmittelbarsten Tatsache des Bewusstseins ausgehen. Diese lautet: „Ich bin Leben, das Leben will, inmitten von Leben das leben will ... Damit ist das denknotwendige Grundprinzip des Sittlichen gegeben. Gut ist, Leben erhalten und Leben fördern; böse ist, Leben vernichten und Leben hemmen." (S. 330/331) Damit geht Schweitzer weit über das von dem Römer auf Jesus, den Menschen, bezogene Wort hinaus, und will auch so verstanden werden. Leben erhalten oder Leben vernichten. Als 1957 der EKD-Bischof Dibelius mit dem Kanzler Adenauer in Geheimverhandlungen einen Vertrag über die Militärseelsorge aushandelte, war klar, dass sie sich fürs „Leben vernichten" entschieden hatten. Das hatte in den Kirchen eine lange, nicht heilsame Tradition. Der Widerstand gegen diese Positionierung der Kirchen ist bis heute ungebrochen, wenn auch die Gegenstimmen leise geworden sind. Eine konsequente Orientierung am Humanum ist nicht erkennbar. So scheitert eine Auseinandersetzung mit der

Moderne. Die Kirchen sind mehr und mehr überflüssig. Mancher mag im Wettstreit der Religionen eine Chance sehen, Zukunft zu gewinnen. Gedacht sei vor allen Dingen an die mitgliederstarken Religionen des Judentums, des Islams, des Christentums, des Buddhismus und des Hinduismus. Sie sind sich ja einig in dem einen wirklich wichtigen Grundsatz, dem Doppelgebot der Liebe: Liebe Gott und deinen Mitmenschen. „Dialog der Religionen" nannte dieses notwendige Gespräch der Tübinger Theologe Hans Küng. Es braucht nicht mehr. Die religiösen Konkurrenzen sind ein Irrweg. Daran sollten sich die christlichen Kirchen nicht länger beteiligen. Eine Kritik an den frühkatholischen Weichenstellungen, die Zuwendung zum Menschen ist überfällig.

Busch Arne

Gedichte

Als hätt ich's gewusst

So viele Wege
Gebahnt
Viele Ziele
Geplant

Eingeschlagen,
überlegt
Den Plan
Gehegt

Danach gewandert
Den Blick geradeaus
Doch immer woanders
Kam ich heraus

Und am Ende

Ist's klar und mir bewusst
Als hätt' ich den Weg

Schon immer gewusst

Mond

Hell und freundlich
Scheint er
Hinab
Gütig und still
Leuchtet er
Landauf, landab

Nicht besessen

Es scheint
Als wolle er
Nichts und niemanden

Vergessen
Mit seinem Licht

Auch uns
Vergisst er
Nicht

Riese sein

Einmal nur ein Riese sein
Größter Mensch, nicht mehr klein

Würd' mit Felsbrocken jonglieren
Wolken an die Backe schmieren

Mich an Berggipfel schmiegen
Auf dem Regenbogen liegen

Mit dem Mond und Sternen tanzen
Und den Himmel neu bepflanzen

Mit dem größten Vogel knutschen
Und das Eis vom Berge lutschen

Doch – dann wär' ich ja alleine
Und würd' wie der Regen weinen

Sicher würd' ich schnell zurück

Zum kleinen Glück

Wahres Selbst

Man kann Menschen
Alles nehmen
Sie benutzen
Und beschämen

Häuser in die
Lüfte jagen
Bis sie nur noch
Knochen nagen

Auch ich sah mich
Schon verloren
Aber – glücklich
Neu geboren

Ich berief mich
Auf mein Selbst
Auf mein einzig
„Wahres Selbst"

Welle

Wie ein Sandkorn
Das vom Wasser
Verlassen ist

Oder ein Mühlrad
Das sich alleine
Nicht dreht

Und wie ein Plankton
Das sich ohne Wasser
Nicht bewegt

Warte ich

Bis eine Welle
Mir Kraft gibt
Und ich wieder

Schwimmen kann

BIOGRAFIE

Busch Arne, geboren 1968, arbeitet als Lehrer für musische Fächer. Seit vielen Jahren führt er musikalische Theaterprojekte durch, bei denen Lieder und Handlungen jeweils aus seiner Feder stammen. Derzeit absolviert er eine nebenberufliche Schauspielausbildung und lebt in Freiburg im Breisgau.

Döll Hans-Dieter

Gedichte

Unendlichkeit

Die Unendlichkeit des Seins, des Schöpfers, der uns das beschert!
Unser ist ein Reich in seiner fantastischen, mystischen Weite;
dies zu begreifen, erklären, die Tragweite erfassen, zu erforschen.

In den Tiefen des Universums, unerreichbar, fern aller
Vorstellungskraft.
Kosmische Strahlen, Wellen durchdringen das All.
Sonnenwind geplagter, blauer Planet; Erde, halt durch.

Energiewellen gigantischen Ausmaßes schleudern in Lichtjahren.
Kometen ziehen ihre Bahnen so nah und doch fern.
Wann wird es brenzlig für unsere Erde?

Natur, Natur

Laufen in der Einsamkeit im noch lichten Wald,
gedankenumwoben.
In der Ferne, ein anderer Mensch ertüchtigt sich beim Joggen.

Unüberhörbares Vogelgezwitscher, hellgrünes Blattwerk,
wärmende Sonnenstrahlen verkünden jungfräuliche Natur: Frühling.

Bärlauch und wilder Schnittlauch recken sich kräftig in saftigem
Grün.
Knoblauch-, zwiebelartiges Geschmacksgemisch umnebelt die Nase.

Schon ihre erste lilafarbene Blüte treibt aus, lugt hervor.
Anderen Beets schießen frühe Pflücksalate mächtig Saft ins
frische Blatt.

Kann ein Frühlingstag schöner, erquickender sein bei vollster
Sonnenstrahlung!
Durch den Feigenbaum direkt vorm Fenster schaue ich jetzt
noch hindurch.

Lediglich winzige Blattansätze erkennbar: Welch riesige
Feigenblätter entstehen?
Zarteste Feigchen an dünnen Ästchen gedeihen
stecknadelkopfgroß in üppiger Zahl.

Viele Felder sind bestellt, fein krümelig und hügelig, je nach
Bepflanzung.
Spargelbauern halten mit Stechwerkzeugen Ausschau nach
weißen Spitzen.

Begehrtes, königliches Gemüse, Erntezeit bis in den späten Junimonat.
Erdbeeren locken in Rot im buschigen Grün, unter
Wärmefolien-Tunneln.

Regen Wald Baum

Wald triefend vor Nässe
im Einklang mit dem Regen,
der mal prasselt, mal schniebelt,
auch im Donner verschwindet.

Das Plätschern auf jedem einzelnen Blatt;
in tausendfachen Tropfen,
auf das linde Grün jedes riesigen Baumes.
Der ist stark, kraftvoll, tief verwurzelt.

Mein Baum, den haut so schnell nichts um!
Seine Rinde mal geschmeidig, mal kalt und mal rau!
Saftiges, kraftgrünes Blattwerk.
Großstämmige Riesen, die jedes Frühjahr genießen.

Beflügeln nicht saftvolle Farben,
das Rascheln, Trommeln von Regengüssen
im Gleichlaut alle unsere Sinne?
Rege Phantasie menschlicher Wahrnehmung.

Urplötzlich, am Rande des Waldweges, am Boden,
viele, gelbe Blätter! Mitten im August; ist alles in Ordnung?
während der übrige Blattwald in saftgrün dasteht;
ein ungewöhnlicher Anblick, liebe Rosskastanie.

Mein Baum meines Herzens

Du stehst im Garten seit Jahren,
gefällst mir seit Kindertagen,
hast schon sehr viel von mir erfahren,
gabst mir Trost, ohne zu fragen.

Habe oft unter dir gesessen;
dir erzählt, was mich bewegt.
Deine süßen Kirschen hab ich gegessen.
Und dein Astwerk gern gepflegt.

Ich hoffe sehr, du bleibst noch lang,
als Augenweide, als mein Traum
und für jedermann ein Blickfang,
du mein edler – Herzkirschenbaum!

Träume können wahr werden,
du musst nur den Mut haben, sie zu Ende zu träumen.
Behandle ihn richtig gut, und du siehst, wie
er blüht immerfort mit vielen, süßen Früchten dran.

Herbstwind

Goldene Blätter,
wie von der Oktobersonne gemalt, fallen.

Guter Dung fürs neue Gartenjahr,
jetzt Unrat auf Straßen, in Parks.

Dieser Baumentlauber spielt uns übel mit. Unentwegt,
manchmal furchterregend, saust er durchs Land – der Wind.

Wenigstens Nadelbäumen kann er nichts anhaben.
Ein ewiges Grün in karger Landschaft, hoffnungsgrün.

Wehe, er wird zum Sturm, zum Orkan; dann haltet euch fest,
ihr Stämme.
Ihr Dächer, ihr Leute, euer Hab, gebt Acht.

Ein bisschen Wehmut bleibt eben doch. Vorbei
die warme, sonnige Zeit. Eben war es noch angenehm, mild.

Setz' dich hinter den Ofen, Mensch, und fröstle
beim Raunen des Windes, beim Sturmgebraus.

Haltet Hüte fest, macht die Türen zu, zieht euch warm an;
der Winter kommt, erst windig, dann im Marsch.

Monat der Tristesse

November, du trister Geselle in Grau,
Sterbemonat, Beklemmung allseits.

Grausige Tönung, Nässe; auch Schönfärbung.
Kühle, frische Tage, frühe Dunkelheit, lichtschwache Zeit.

Eben war Sommer, Herbst; was nun?
Grauheit in Wolken? Seelischer Schmerz?

Woher nun Mangellicht holen? Künstlich erzeugen?
Aufmöbeln, Stimmungserheller, wo sind sie?

Hui, Wind, Sturm naht heran;
Waldbäume bergen Gefahr, Wassermassen dazu.

Nichts mit schönen Tagen; Lauschigkeit, Wärme.
Der Winter naht, kaum aufzuhalten, schade Jahr!

Jahresende

Geht das Jahr, jeder begreift spät,
da war doch viel; was denn alles?

So schnell konnte ich gar nicht schauen,
denken, das ist wohl nicht wahr!

Jetzt noch Nachträge vornehmen; hektisch,
viele stellen schon Bilanzen zusammen.

Habe ich was vergessen? Fehlt irgendein Beleg?
Muss noch etwas beantragt werden?

Rechnungen schreiben, Abschlussarbeiten,
Terminsachen im neuen Jahr vornotieren.

Am einunddreißigsten, zum Jahresende, dann,
‚Touch down', der Vorhang fällt.

Das Buch ist zu; Geschichte!
Versäumtes ist versäumt, weg;

Endzeitstimmung einerseits;
Wechsel- und Wandelfähigkeit andererseits.

Wird Besseres herauskommen, Angenehmeres?
Bloß kein Schicksalsschlag. Gesundheit vor allem.

Neue Strategien oder alte Verfahren bewahren?
Fürwahr, kein leichtes Unterfangen.

Alles auf Null gestellt.
Nicht jammern, verzagen, dort geht's lang:
Kopf hoch, mutig sein, Interessantes wagen!

Nur noch weiter geht's!
Ab morgen gibt's wieder ein ganzes Jahr.

Engel Vivian

Wanderbetten

Oh je – wo war nur dieser sch … Schlüssel?!
  Ich weiß noch ganz genau, dass ich ihn von einer Jacke raus in die andere die leichte Wanderjacke rein getan & dabei überlegt habe, dass ich sie am Wochenende im Hotel nicht brauche, da wir frühestens am Montag wandern werden & ich da sowieso wieder zum Auto komme → also logisch & völlig durchdacht, hab ich die Wanderjacke dann doch im Wagen gelassen & wir sind mit meinem anderen reichlichen Gepäck (hab ich es schon erwähnt?! Mein Gepäck war natürlich ebenso reichlich durchdacht!) zu unserem Hotel gestiefelt – wobei ich natürlich meinen Trolley selbst gezogen & über das Kopfsteinpflaster geschleppt habe → Frau von Welt unabhängig, organisiert (oder chaotisch?! – da kann ich mich immer so schlecht entscheiden …) natürlich unverheiratet (wie könnte ich je meinen Nachnamen verändern?!?!?).

Also warum um Himmels willen, sollte mein Reisegefährte oder Liebhaber oder Seelenstreichler & auch sonst ÜberallStreichler oder … (gerne melden, falls DIR noch eine andere Bezeichnung für diese neue moderne emanzipierte Beziehungsform einfällt) mein Gepäck schleppen?

Also wo waren wir im Text?

Ach ja, wir kamen schwer bepackt (ich war schwer bepackt, um bei der Wahrheit zu bleiben, da der Herr mit leichtem Gepäck reist & dieses Gepäck auch schon im Hotelzimmer war, da ich vorher natürlich alle Formalitäten geklärt, den Schlüssel erhalten und wir das Zimmer bereits besichtigt & das Bett eingeweiht hatten → Einzelheiten dazu würden jetzt echt zu weit führen;) vorm Hotel an & hatten wir den

Schlüssel jetzt wirklich?! Äh – nein! Der war in der Wanderjacke fiel mir siedend heiß ein, als wir das Hotel betraten & ich in meine Jackentasche fasste. „Mist, du ich geh nomoi zum Auto, ich glaub ich hab den Schlüssel dort vergessen…" Mit weiteren Ausführungen von wegen leichter Wanderjacke & so (IHR könnt euch erinnern, oder?!) wollte ich den Herren jetzt nicht belasten; außerdem hatte er es sich in der Hotellobby im Sessel schon neben meinem Gepäck bequem gemacht & würde unterdessen entspannt in einer Zeitung blättern.

So drehte ich auf dem Absatz um, bereit den Zimmerschlüssel zurück zu erobern.

Innerlich brodelte es schon a weng oder besser a bisl in mir, da ich ja hätte besser acht geben können & außerdem warum hab ich ihn nicht einfach in meiner Jackentasche gelassen – blöde Kuh! Wertvolle Zeit der Zweisamkeit ging verloren – wobei er hätte mich ja begleiten können – es war ein schöner Spaziergang zu meinem Auto…

So jetzt könnte ich gleich mehrere Ausfahrten nehmen:
1. destruktive Selbstgespräche
2. Kommunikation mit dem Partner
3. warum steht mein Auto so weit vom Hotel entfernt?

Wobei 3. jetzt keine Ausfahrt ist, sondern die Geschichte weiter erklärt, oder?

Ja – ich war schon eher angereist, da ich mein letztes Seminar-Wochenende meiner Weiterbildung mit Übungsveranstaltung am Freitag gebucht hatte. Da konnte ich noch nicht im Hotel einchecken & ich brauchte einen Langzeit-Parkplatz & der war natürlich nur außerhalb der Altstadt zu finden. So kam's & umparken rentiert sich jetzt nicht, fand ich & so ging ich tief in fröhlichen Selbstgesprächen vertieft zum Auto auf den inzwischen sehr dunklen Parkplatz & siehe da das Objekt der Suche war nicht in meiner leichten Wanderjacke zu finden – na super – welch eine Freude…

… so begann ich leicht nervös mein Auto zu durchwühlen & machte die etwas lahmgelegte Innenbeleuchtung an → warum lahm? Das würde jetzt echt vom wahren Inhalt der Geschichte ablenken → oder? → DOCH! Tja trotz aller Suche war ein Hotelschlüssel in meinem Schnuckelwagen auch mit Innenbeleuchtung nicht zu finden auch außerhalb meiner Jackentasche nicht.

So sperrte ich frustriert ab & schlenderte zurück mit üblen Gedankenszenarien im Kopf – auch hier werden wir uns 1. nicht widmen. Wobei ich auch die Bewegung & die frische Luft genoss – war ja den ganzen Nachmittag in der Übungsrunde & der Kopf + das Herz waren reichlich gefüllt. Na ja schlimmstenfalls gibt es einen Zweitschlüssel & überhaupt – hey es gibt weitaus andere Gründe mich zu ärgern – tief durchatmen & wieder rein zu meinem Liebsten ins Hotel. Da sitzt er immer noch entspannt & in der Zeitschrift blätternd & lacht mich an. Er hatte inzwischen den Schlüssel in meinen Schuhen gefunden – also dort hatte ich ihn reingesteckt – wunderbar!

So kamen wir mit etwas Verspätung doch noch heil & vollständig in unserem gemütlichen Hotelzimmer an & fielen auf's Bett. Welch eine Wohltat nun nach dem langen Tag in die weich duftende Matratze zu sinken den Liebsten an meiner Seite – mhhhhh …

Wir tauschen uns aus über unsere Erlebnisse der vergangenen Zeit – viel passiert, erfahren, Neues entdeckt. Es ist schön, den Erzählungen zu lauschen & sich mitzuteilen – wir hören gerne unsere Stimmen & der Austausch macht uns wieder vertrauter – die letzte gemeinsam verbrachte Zeit liegt eine Weile zurück. Wir genießen unsere Nähe & langsam verringert sich der Abstand zwischen uns. Wir treffen uns voll Vorfreude in der Besucherritze – es ist kein Boxspringbett. Ich streich zart über seine Wange, seinen Bart, seinen Kopf – unsere Lippen bewegen sich aufeinander zu – seine Hand auf meinem Rücken hält mich & bringt mich näher. Er richtet mein Kissen, damit ich bequem liege & den ersten Kuss eingebettet behütet empfangen & geben darf – vorsichtig tastend wieder aufs Neue kennenlernend – die Lippen öffnen sich leicht & unsere Zungen fangen an, miteinander zu spielen. Eine wohlige Welle erster körperlicher Erregung strömt durch meine Zellen & das Blut fängt an, stärker zu pulsieren. Wir lieben & feiern das Schmusen – mal leicht wie ein Hauch von einem Flügelschlag des Zitronenfalters, der im ersten Frühlingswind fluffig sonnenglänzend durch die Lüfte tanzt, mal fordernd lustvoll stöhnend vom Zentrum aufsteigend, sich hingebungsvoll befreiend, entladend. Unsere Hände werden aktiver, erforschen die freien Stellen unserer Haut, schlüpfen vorsichtig unter den Ärmel, tasten am Gürtel entlang & ziehen forsch das T-Shirt aus der Hose beziehungsweise schieben den Rock ein kleines Stück weiter nach oben. Stück für Stück wird mehr Haut aus der Verpackung befreit & die Brise, die vom gekippten Fenster hereinströmt, umspielt unsere Körper – so wohlig – wir sind eingehüllt in unsere gemeinsame Zärtlichkeitsblase & erfreuen uns an uns & unserem gemeinsamen Sein – hier & jetzt. Die Kleidungsstücke ums Bett verteilt, kuscheln wir uns innig eng aneinander, um unser größtes Organ gegenseitig komplett zu spüren & nach & nach zu ertasten – immer wieder ein Erlebnis, die weiche Oberfläche, das Aneinanderreiben, das Streichen von oben nach unten & zurück ...

... wie aus Versehen wird die Brustwarze gestreift – der Hals, die Körpermitte.

Die Erregung steigt & ich spüre seinen steifen Penis an meiner Yoni – schmiege mich noch enger ran & merke meine Feuchtigkeit zwischen den Schenkeln. Ich lege mein Bein auf ihn, umfasse seinen Lingam – ein leises Stöhnen entweicht seinen Lippen – ich möchte ihn spüren, ihn zwischen meinen Schamlippen auf & ab streichen, mein Tor nach innen umkreisen, mich daran reiben – meine Erregungsflüssigkeit verteilen, ihn eincremen – es gleiten lassen, bis er am Eingang ankommt & anklopft – unsere Küsse werden heißer, ebenso unsere Körpertemperatur – unsere Hände schneller im Auf & Ab ... Ich öffne mich & lasse ihn ein – immer noch seitlich einander zugewandt, spüre ich ihn in mich gleiten, nur ein Stück & wieder zurück – gleichzeitig wandert seine Zunge am Hals nach oben & dringt sanft in meine Ohrmuschel – intensiv nehme ich die Berührungen wahr & genieße die steigende Lust. Ich möchte ihn ganz in mich aufnehmen & rolle ihn auf den Rücken. Mein Mund widmet sich seiner Brustwarze, die sofort steif wird durch meine Liebkosungen – sanft sauge ich daran & blase über die angefeuchtete Warze, die sich mir entgegenreckt & sich nach mehr Zuwendung sehnt. Im Wechsel sauge ich forschend oder necke mit meiner Zunge. Sein Penis versteift sich noch mehr & ich steige auf ihn – nehme ihn in mich auf – in die Wärme – in den Schoß der Mutter – in die Heimat – ins wohlige Paradies. Seine Hände umfassen meine Pobacken & wir nehmen langsam einen gemeinsamen Rhythmus auf.

Es tut so gut & es gibt nur uns zwei & dieses Bett in diesem Zimmer – wobei dieses Bett zu wandern anfängt ;o) gut, dass ich für diese Art der Bewegung keine Wanderjacke benötige – ihr erinnert euch, oder?! – sie ist im Auto.

Tja stetig Stückchen für Stückchen driften sie auseinander – schön, dass wir uns auf eins geeinigt haben, denn die Besucherritze ist nun ein kleiner Graben mitten durchs Zimmer.

Somit ist der Platz beschränkter für unser Tun & nach einer wohligen Weile gleite ich vom Manne & kuschel mich unter ihn. Ich liebe es, wenn er sich auf mich legt – er meine Brüste streichelt & liebkost – sie zart mit seinen warmen weichen großen Händen umfasst – sie passen genau rein. Danach streicht er über meinen Kitzler, der groß & prall gefüllt ist & sehr empfindsam. Ein großer Gewinn ist seine Souveränität im Umgang mit meiner Zauberperle. Er kennt die Anatomie & ihre Eigenschaften bestens & weiß sie & damit auch mich zu verwöhnen & noch mehr in Fahrt zu bringen. Also liebe Jungs & Mädels – macht euch schlau & tauscht euch aus über eure Vorlieben & über die Empfindungen eurer Körper! Wenn es beiden Spaß macht, ist es am schönsten! Ja, und dann kommt er zu mir – stößt erst sanft & ich folge der Bewegung. Wir werden schneller, intensiver – ich schlinge meine Beine um ihn & er kommt noch tiefer zu mir & wir stöhnen auf, genießen, lassen uns fallen, sperren den Alltag komplett aus, bewegen uns wie ein Körper – verschmelzen wieder – innen & außen. Mein Kopf ist leer. Bin völlig im Körper, im Spüren, im Hingeben … Ein wunderschönes Gefühl – Wellen der Lust durchströmen uns – er zieht sich zurück & kommt wieder zu mir – mein Becken streckt sich ihm entgegen.

Wir schwitzen – sind heiß – sind lustvoll – sind aufeinander fixiert.

Er stoppt die Bewegung & legt seinen Kopf auf meinen Bauch – Pause – ich streich über seinen Kopf – atme tief durch & entspanne in der Hüfte. Ich spüre zarte Küsse um den Bauchnabel & er rutscht zwischen meine Beine. Mhhhh – freu mich auf seine Liebkosungen. Sanft streicht er durch meine Spalte – seine gepflegten, dicken, schönen Finger massieren meine Schamlippen, meinen Kitzler, meine Vulva – verteilen meinen Lustsaft auch in meiner Poritze & umkreisen die Tore nach innen – wobei die Finger vorsichtig gewechselt werden – der mit dem Po spielt, hat in der Scheide nichts zu suchen, sonst gibt es einen Pilz & das ist lästig & stört die Schleimhäute – die beiden Bereiche sind strikt zu trennen – es handelt sich ja schließlich auch um zwei ganz unterschiedliche Aufgabengebiete;) Ich weiß, dass er aufpasst & kann mich entspannen & den unterschiedlichen Empfindungen hingeben – unterschiedliche Aufgaben/unterschiedliches Lustempfinden. Wenn er durchstreift mit seinen Fingern, das mag ich besonders & die Erregung & die Lust, dass er mich seine Finger auch innen spüren lässt, steigern sich – meine Brustwarzen sind hart & ich nehme meine Brüste in die Hände. Langsam wandert meine rechte Hand zum Kitzler & ich reibe ihn sanft. Ziehe die Haut auseinander & lasse ihn meine Perle bewundern. Mein Becken streckt sich nach oben & sein Finger gleitet in mich hinein.

So schön, ihn zu spüren – ich mag seine Bewegungen & seinen Rhythmus. Ich reibe schneller mein Lustzentrum – es ist alles schön angeschwollen & dick – & mein Überallstreichler erhöht ebenso das Tempo & geht einfühlsam mit meiner steigenden Lust mit. Mein Kopf ist leer – ich bin nicht mehr auf dieser Welt – schwebe – bin abgehoben & von jeglicher Last befreit – ein wunderbares Gefühl ... Mein Stöhnen wird lauter – Wörter oder andere Geräusche kann ich aktuell leider nicht formen – dafür strebe ich zu sehr dem Höhepunkt entgegen. Ein letzter Stoß & meine Muskeln spannen sich an – es kommt – Orgasmus – Wellen durchzucken meinen Körper – die Anspannung lässt nach – er fängt mich auf in einer festen Umarmung – hält mich in meinem Beben & die Muskeln lockern sich stufenweise – steige die Treppe wieder herab & komme langsam – es ist sooo schön dort – wieder Schritt für Schritt auf den Boden zurück. Die Gehirnfunktionen normalisieren sich & pendeln sich wieder ein.

Pause – glückliches Lächeln für meinen Partner – Dankeschön für diese einfühlsame Begleitung auf meinem Weg rauf & runter ...

„Ich mach's dir gerne, meine Liebe", kommt als Antwort auf mein gehauchtes Dankeschön. Es ist wunderbar, in seinen Armen zu liegen & nachzuspüren. Es passiert so viel im Körper-/Seele-/Geistkomplex beim Orgasmus & tut so gut, wenn es liebevoll, respektvoll, aufeinander zugehend, im Einklang, miteinander ... zelebriert wird – falls das nicht der Fall ist – bitte lassen & reden, was los ist – ansonsten Hilfe holen – bitte – ihr seid nicht allein ... Energie strömt durch meinen Körper & ich merke meine Bewegungsfreude zurückkehren. Mit einem Lächeln wende ich mich meinem Partner zu & streichel ihn sanft. Freudig dreht er sich auf den Rücken – inzwischen sind die Wanderbetten zusammengeführt & der Platz zum Spielen hat sich erweitert;)

Er streicht mir eine Haarsträhne aus meinem Gesicht & ich richte die Kissen unter seinem Kopf – es soll schon bequem sein, wenn wir so ohne Zeitdruck & nur in unsere Welt getaucht im Bett liegen dürfen. Gerne verwöhne ich ihn nun & widme mich nach einem innigen Kuss seinen empfindsamen Brustwarzen – sie sind so schön zu erregen. Lecken, saugen, blasen, küssen, umkreisen – sie freuen sich über alle Arten der liebevollen Zuwendung & werden steif & richtig fest. Langsam wandere ich von den zwei Lustzentren über den Bauchnabel zur Körpermitte, die sich mir schon entgegenreckt in freudiger Erwartung. Ein paar Tropfen Arganöl verteile ich & lasse meine Hände gleiten – so schön, die weiche Haut zu spüren & zu fühlen, wie gut ihm die Berührung tut. Seine Hoden streichel ich ebenfalls zart & umfasse sie auch etwas kräftiger. Vorsichtig ziehe ich die Vorhaut zurück & liebkose die zarte Spitze – soooo weich ... da möchte ich mit der Zunge drüber schlecken – gedacht → getan. Er stöhnt & flüstert: „So liebevoll & wohlig – so schön deine Zärtlichkeit & dein einfühlsames Streicheln". Bedecke seinen Zauberstab & alles außenrum, auch seine zarte Haut oben an den Schenkeln, mit tausend Küssen & lasse meine ölige Hand langsam auf & ab gleiten. Sein Stöhnen & leises Flüstern freuen mich. Ich positioniere mich zwischen seinen Beinen so, dass ich seinen Schwanz gut in den Mund nehmen kann, aber davor möchte ich noch seinen Po mit Öl verwöhnen & vorsichtig mit meinem Finger hineingleiten. Es ist interessant, sein Inneres zu spüren. Er genießt es, wenn ich mit meinem gepflegten Finger mit kurzem Nagel seine Prostata drücke & damit spiele. Neckend gleitet mein Tastorgan vor & zurück & gleichzeitig bewegt sich meine Hand auf & ab – zieht die Vorhaut zurück & lässt sie wieder nach oben. Seine Erregung steigt noch mehr & sein Blut pulsiert & pumpt in seinen Adern. Mein Mund umschließt nun seine emporgestreckte Männlichkeit & saugt ihn ein. Die Hände gleiten & ich fühle seine weiter steigende Lust. Er massiert unterdessen seine Brustwarzen & steuert seine Erregung. Er kennt seinen Körper sehr genau & kann gezielt sein Empfinden lenken & beeinflussen. Also liebe Männer (& natürlich auch Frauen) – traut euch – lernt euch & eure Bedürfnisse kennen & mitteilen ... & vor allem lernt euren Schwanz kennen & regeln – ihr bestimmt eure Lust & euren Umgang damit. Lust darauf, euch & euren Körper zu erkunden & liebevollen Umgang mit euch ist ein guter Anfang – eine große Portion Humor & jede Menge Kommunikation mit dem Partner der nächste Schritt für eine lustvolle Reise zu erfüllender Sexualität & wie diese dann ausschaut – ja, das liegt in erster Linie an euch & zweitens in der wohlwollenden Interaktion mit eurem Liebespartner. Zurück in die Wanderbetten ... gerne lässt er sich dazwischen auch mit erotischen Geschichten & Erinnerungen an vergangene Zweisamkeit beflügeln – das Kopfkino ist bei ihm wichtiger als bei mir – ich bin in diesem Zustand in einer zweiten Welt – er bleibt hier & mag das lustvolle Feuer der Bilder. Und so erzähle ich von vergangenen erotischen Begebenheiten, auch mit anderen Männern, & meine Hände liebkosen derweil zart weiter. Ja & dann nehm ich den Zauberstab erneut in meinen Mund & sauge & bewege meinen Kopf auf & ab ... er folgt meinem Rhythmus & stöhnt lustvoll auf – Endspurt bis zum Orgasmusgipfel. Sein Körper spannt sich noch mehr an & alle Muskeln sind hart & streben die Entspannung an – leise wispert er: „Ich komme gleich" ... eine letzte Anspannung, bevor sich die Entladung ankündigt & der Samen bis hoch in seinen Bart spritzt. Puh – alles löst sich nun – der ganze Kerl & mit einer letzten Liebkosung lasse ich seinen Schwanz los & greife zum bereitliegenden kleinen Handtuch, um das Sperma von seinem Körper abzuwischen & seinen Bauch zu küssen. Geschmeidig gleite ich neben ihn & dankbar küsst er mich mit einem befreiten Lächeln im schönen Gesicht. Ich streich über seine heißen Bäckchen & er bedankt sich für die wohlige Verwöhnzeit – sehr gerne! Er dreht sich auf die Seite – er braucht eine Mütze Schlaf nach diesem Ritt auf den Berg & wieder hinab – auch ein wesentlicher Unterschied – ich bin danach fit, genieße aber, mich an ihn zu kuscheln & zu entspannen – unendlich wohlig & wohltuend auch die Zeit danach.

Mhhhh – wie bereichernd diese Zweisamkeitszeit – danke dafür!!!

Irgendwann drückt die Blase, der Hunger meldet sich & es ist an der Zeit wieder ins Außen zu treten & das Wanderbett zu verlassen. Was bleibt, ist eine Zufriedenheit in der Seele, ein weiteres Stück wohliger Erinnerung & Dankbarkeit für dieses Erleben dürfen. Mit einem Lächeln im Gesicht blicke ich zufrieden in den Spiegel & freue mich, was ich darin sehe – die Verjüngung ist ja auch wissenschaftlich nachgewiesen, glaube ich, aber brauche ich dazu Beweise? Reicht nicht das Fühlen, dieses tief im Herzen spüren & im Spiegelbild sehen? Die Verbundenheit mit dem Urvertrauen? Die Anbindung? Mir reicht es definitiv & dies nicht nur in diesem Bereich – das kannst du auf vieles (alles?) anwenden & die Suche im Außen einstellen & nach innen blicken. Die Schönheit in dir finden, deine unendlichen Facetten betrachten, annehmen, feilen, teilen & feiern in einem liebevollen Miteinander. Eine erfüllende Sexualität in Liebe, Achtsamkeit & viel Zärtlichkeit ist eine gute Basis, Lernebene & Herzöffner auf allen Ebenen. Wir sind körperliche Wesen hier auf Mutter Erde, wir sind weiblich & männlich & so kannst du dies auf dem Weg zur Erfüllung, Zufriedenheit, Einssein, göttlichen Funken erkennen & leben schwer ausklammern, ohne einen Teil deines Daseins zu verleugnen – die Kirche mit ihrer ganzen Geschichte & ihren Skandalen ist ein gutes Beispiel dafür. Die rein geistige Form der Suche sehe ich mittlerweile kritisch – so viel Manipulation, Trennung, ins Gegenteil kehren, verdrehen …

Es geht um dich selbst – das Erkennen von: ICH BIN & ich bin ein Teil von WIR! Ein Teil vom Ozean – wir sind der Ozean & wir sind gekommen, um zu bleiben. Das spürst du in dir – da braucht es nichts von/im Außen, das lenkt nur ab von deinem individuellen ganzheitlichen Weg!

Um die Geschichte abzuschließen – wir verbrachten ein wundertolles Wochenende in & außerhalb unseres Hotelzimmers & ich konnte meine Weiterbildung erfolgreich abschließen. Eine Kleinigkeit bleibt noch zu erzählen. Als ich zurück zum Parkplatz ging & mein ÜberallStreichler bereits in seinem Auto Richtung seiner Heimat unterwegs war, wollte ich meinen Schnuckelwagen starten & …

nix ging … Erinnert ihr euch an die lahme Innenbeleuchtung? Tja, die Batterie war alle, da ich die Innenbeleuchtung zusätzlich vergessen hatte auszumachen … – was tun als Frau, die natürlich kein Starterkabel mitführte? Ich klingelte an der Haustüre, die am nächsten lag & fragte nach Hilfe. Die Dame, die öffnete, konnte mir leider nicht helfen, aber sie wusste, dass der Herr nebenan heute frei hatte & ein entsprechendes Kabel in der Garage – sie durfte auch schon mal davon profitieren. Ja, dann ein Haus weiter & tatsächlich der rettende Engel war startklar & mein Auto kurz darauf auch – welch ein Glück – Danke Danke Danke …

Griasde liabe Leserin, hoffe, ich konnte dich berühren mit meiner Erzählung – ich bin FreiFrau Vivian Engel & ich genieße das Leben so gut es geht – mal mehr, mal weniger, je nach Umständen & versuche auf alle Fälle immer das Beste aus allem zu machen.

Wenn es auch ein paar Leser gibt – umso besser;) Schön, wenn wir versuchen, einander zu verstehen & uns gegenseitig zu verwöhnen – Liebe vermehrt sich!!! OIS GUADE EICH

Ersöz Serkan

Willkommen in Deutschland

„Passagiere mit der Flugnummer TK678, bitte begeben Sie sich zum Gate Nummer 21."

Gülcan und Kenan sind sichtlich aufgeregt, obwohl sie nun einige Male Deutschland besucht hatten.

„Wie lange geht der Flug, Schatz?"

„Wie beim letzten Mal, Schatz, fast 3 Stunden."

Vorerst der letzte Flug, bevor sie in Frankfurt sesshaft werden. Von Istanbul nach Frankfurt. Er 31, sie 29. Der Heimat den Rücken kehrend.

Wie das wohl wird. Ob das so ist, wie alle immer erzählt haben. Seit Jahren hören sie die Geschichten der damaligen Auswanderer an. Nachbarn, Familie etc. Gemischte Gefühle in beiden. Neue Umgebung, neue Menschen, neue Sprache. Ihre Deutschkenntnisse lassen zu wünschen übrig. Ok, sie können kein Deutsch.

Gut, Brezel und Wasser könnten sie noch bestellen. Vielleicht noch nach dem Weg fragen, aber das war's schon.

Abflug!

Schon beginnt der Service an Bord. Sie fühlen sich gut mit der Turkish Airlines. Schließlich ein Unternehmen der Star Alliance Gruppe. Es gibt Essen. Und man zahlt nichts dafür. Und ein Heißgetränk. Sogar zwei. Toilette kostet auch nichts. Gepäck war inklusive im Ticketpreis.

Filme können sie auch gucken. Nicht nackenbrechend oben am Monitor. Sondern direkt vor sich. Headset und ein Kissen gab es obendrein. Sie fühlen sich gut. Fast schon vornehm.

Landeanflug auf Frankfurt. Der Flieger wackelt. Starkregen. Das erste Zeichen, in Europa zu sein. Insbesondere in Deutschland. Das Wetter sagt, herzlich willkommen.

Die Reifen berühren den Boden und schon stehen 243 Passagiere abgeschnallt auf den Beinen in den Gängen. Gleich nach dem

Applaus. Gülcan und Kenan, etwas irritiert und schüchtern, bleiben sitzen, angeschnallt. Das Deutsch-Virus hat sich schon langsam in ihnen breitgemacht. So regelbewusst. Nur nichts falsch machen.

Die Tür geht auf, die Treppe wird herangefahren. Einer nach dem anderen verlässt den Flieger. Halt, nicht so schnell! Achtung, stillgestanden! Auf halber Treppe 3 Beamte vom Grenzschutz. Die neuere blaue Uniform macht sie auch nicht sympathischer als die kackgrüne von damals mit den albernen 8-Kant-Mützen und den viel zu breiten Hosen. Heute sind die Hosen enger. Zumindest bei den Damen sieht das heiß aus. Vor allem, wenn die manchmal langen blonden Haare den zierlichen Rücken runterhängen, feste Pobacken. Unverkennbar durchtrainiert. Herrlich. Zurück zum Thema. Sie kontrollieren Papiere. Also nicht die Zeitung, die man liest. Hier darf man alles lesen. Bzw. durfte man früher. Ich glaube, jetzt auch – irgendwie bis vor ein paar Jahren. Man darf nur nicht laut erwähnen, was man so liest und denkt; denkt man gar nicht, jetzt, hier in Europa bzw. Deutschland. Also nochmal zur Kontrolle. Die Legitimationsunterlagen, Pässe, Visa, Aufenthalt, Arbeitserlaubnis, Sozialversicherungsnummer, Krankenkasse, Schuhgröße, Dioptrienzahl, Gewicht und Kopfumfang. Das Letztere für die Statistik, wie viel Bullshit später in den Kopf reinpassen würde. Also hier in den Folgejahren.

Gülcan und Kenan sehr verwundert. Warum werden wir hier kontrolliert? „Wir müssen doch ohnehin zur Passkontrolle!?"

Der erfahrene Deutschtürkländer hinter ihnen klärt entspannt auf: „Das ist üblich bei türkischen Maschinen." Klingt erleichtert, gewohnt und hinnehmend. Eine 100-%-Kontrolle. Also nicht stichpunktartig. Man spürt förmlich die Stiche.

An der Passkontrolle geht es langsam zu. Die Beamten sind sehr ernst, aber nicht gestresst. Sie nehmen ihre Arbeit genau. Verweilen jeweils sehr lange an einem Pass. Blättern vor, dann wieder zurück, dann wieder vor, tippen was ein, blättern wieder zurück, gucken das Bild an, den Besitzer, meiden Kommunikation, tippen wieder was ein, nehmen einen Stempel ... Bämm, dann der nächste Stempel bämmmm und ein dritter bämmmmm. Das Ding sieht jetzt aus wie das Malbuch von Gülcans 4-jähriger Nichte. So macht die das auch immer. Vollgeschmiert.

Endlich fertig.

Jetzt noch das Gepäck. Der Rest kommt ja per Cargo.

Einen Wagen, Wagen, woher einen Wagen … ah hinten, guck mal, Kofferwagen. Was?? Kostet zwei Euro, mit EC-Karte. Tja, so ist es hier eben. Man zahlt dafür, damit man sein Zeug selbst tragen darf. Kurios.

Ein Koffer kommt kaputt raus. Zwei Räder sind ab. Das passiert in Istanbul oft, wenn die türkischen Abfertiger rabiat damit umgehen. Guten Morgen, hier sind es auch türkische Abfertiger. Willkommen in der zweiten Heimat.

Aus dem Flughafen raus, ins Taxi … und ab nach Hause.

Nach Griesheim, Neubau, 90-qm-Wohnung, 5. Stock. Mit Aufzug natürlich. Der Türke läuft nicht gerne. Gut, dafür zahlen Sie ja auch 1.600 Euro Miete. Geht eigentlich für den Standort. In Istanbul hatten Sie Eigentum. Hier ist es nicht so üblich anscheinend. Zumindest nicht für den Deutschen. Die zahlen gerne Miete. Müssen ja flexibel und ungebunden bleiben. Zu viel Risiko.

Morgen müssen Sie als Allererstes zur „Ausländerbehörde". Das Ohr sollte sich daran gewöhnen. Denn auch wenn Sie hier in Rente gehen in 36 Jahren oder vielleicht 40, werden Sie mit diesem Begriff weiterhin konfrontiert werden. Fragt die Nachbarn. Die sind schon seit 50 Jahren hier.

In den Nachrichten geht es heute wieder mal um die Energiepolitik, abgeschaltete Atomkraftwerke, Stromimport, Inflationsausgleichsprämie, Flüchtlingspolitik, Teillegalisierung von Cannabis und die kapitalmarktorientierte gesetzliche Rente. Rauf und runter geht es mit den „Nachrichten".

Im Radio, im TV, auf dem Handy, überall und permanent. Ach ja, und wieder eine Massenschlägerei in einem Schwimmbad. Wie von den örtlichen Behörden zu erfahren war, handelt es sich um drei deutsche, zwei kroatische und drei arabische Männer. Das ist wichtig zu unterstreichen.

Kapitalmarktorientierte gesetzliche Rente! Jetzt plötzlich. Warum? Und wer soll das alles organisieren und verwalten? Der Staat? Mit welchen Experten denn? Die stehen sich doch alle selbst gegenseitig im Weg und können kaum unfallfrei zwei Sätze von sich geben, ohne dass Sie eine internationale Katastrophe auslösen.

An der LIDL-Kasse wiedermal eine lange Schlange. Unerträglich, obwohl 4 Kassen offen sind. An Kasse 2 scheint es eine Diskussion zu geben. Bzw. ein Monolog. Kassierer ist laut, Kundin versteht nichts. Es geht wohl darum, dass 7 Cent fehlen. Klar, da müssen 40 Kunden hinten warten. Es geht schließlich um 7 Cent. Eine sudanesische Frau offenbar. Man merkt das an den Handbemalungen und der Art, wie sie ihre Haare bedeckt. Sie ist sichtlich schockiert, sagt nichts. Starrt nur links und rechts hilfesuchend, ihre Geldbörse in der einen Hand und die Einkaufstüten in der anderen Hand. Das Kind quengelt. Ist ja noch klein. Müsste 5 sein oder so. Die erlösenden 7 Cent kommen vom Kunden der Nebenkasse. Er hebt ein liegengelassenes 10-Cent-Stück auf und gibt es der Kassiererin von Kasse 2. Laut StGB § 290, Absatz 2, Satz 4, Punkt b, und EHWGG (Einzelhandelswechselgeldgesetz) § 34, Absatz 4, Satz 1, Punkt c, Unterpunkt cc, darf Kasse 2 die 3 Cent behalten, es sei denn, das Europarecht würde darüber stehen. Ursula von der Leyen hatte zwischen 7 Kindern und der letzten Sitzung einen Essay darüber verfasst. War wohl aber ein Plagiat.

Ist schon eine komische Stadt, dieses Frankfurt. Und wohl auch die erste, die Ramadan-Beleuchtungen angebracht hat. Ist wohl außergewöhnlich und erwähnenswert, wenn man über Toleranz und Zusammenleben spricht.

Man liest ja auch nicht überall, dass Trier Weihnachtsbeleuchtungen in der Innenstadt angebracht hat.

Dieses Ramadan werde ich auch nie verstehen. Was soll das mit der Abschlachterei von so vielen Tieren!? Ein Blutbad ist das. Unnötig. Dann noch koscher. Halt – das war das Opferfest. Hier geht es um das Fasten. Außerdem bitte ich um mehr Obacht. Das ist nämlich auch ein jüdischer Brauch – das mit dem koscheren Fleisch. Jüdisch koscheres Fleisch ist ok!

Fasten? Warum? Das ist ungesund. Im Sommer 12 Stunden kein Wasser trinken. Das ist unverantwortlich gegenüber dem eigenen Körper und unserem Krankenkassensystem. Da wird man ja krank. Lohnfortzahlungsansprüche geltend machen an Ramadan. Tolle Arbeitgeber haben wir hierzulande. Dann der ganze Zucker nach der Fastenzeit. Hallo Diabetiker.

Lieber auf den Weihnachtsmarkt. Da kann man auch mal auf das Zeugs verzichten und 'ne Rindswurst mit Kartoffelpuffern essen. Oder erst die Wurst, dann die Puffer. Aber mit Apfelmus. Anders geht nicht. So ganz trocken.

Und schön Glühwein trinken. Na gut, die gibt's auch alkoholfrei. Kinderpunsch heißt es dann. Quasi das Einsteigermodell. Der Umstieg später in den normalen Glühwein findet dann ohne erneute Gesundheitsprüfung statt.

Erst dann kommt Etappe zwei:

„Nennen Sie die Namen der heiligen drei Könige." Also wenn man überzeugt klingt und dabei seriös bleibt, dann kann man die auch als Johannes, Julius und Nikolaus benennen anstatt Caspar, Melchior und Balthasar. Den Quotenschwarzen unter ihnen bitte merken und nicht ignorieren. Das wird aus der retroperspektiven Betrachtung in 2024 Jahren eine große Bedeutung haben – oder eben nicht. Und was hatten sie dabei?

Feuerzeug, Gras und Rollpapier. Der eigentlichen Überlieferungen aus dem vorletzten Testament her waren es aber eher Koriander, Sumach und Silberschmuck. Alles heidnische Bräuche, die heute sowohl in der internationalen Küche als auch im Einzelhandel große Bedeutung haben. Nein, einigen wir uns auf Myrrhe, Gold und Weihrauch, warum auch immer. Das versuchen die Religionsanalysten heute noch herauszufinden. Hätten die drei 2020 voraussehen können, hätten sie lieber Toilettenpapier mitgebracht, aus Papyrus. Ist zwar rau, aber tut seinen Zweck. Wenn es danach brennt, reibt man sich die Myrrhe in den Allerwertesten. Die ganz spitzfindigen Könige kamen ja erst 650 Jahre später. Die haben dann den Krug erfunden. Der Krug mit Wasser. Wasser zum Waschen des Hinterteils nach dem Toilettengang. Na gut, man langt sich dann ziemlich unsittlich selbst irgendwo hin, aber beim Duschen tun wir das ja immerhin auch – hoffe ich zumindest.

In der Frankfurter Geschäftswelt macht man so etwas natürlich nicht. Da gibt es Feuchttücher. Die nimmt man sich mit auf die Toilette und spült das Zeug dann später das Klosett runter.

Nach so einem WC-Gang ruft Alper, der Bankberater, seinen Kollegen Taner an. Beide türkischstämmig. Schwer zu erkennen. Designeranzug, aalglatt, gutaussehend, offenbar gut etabliert in der Bank. Alper spricht wohl kaum Türkisch. Taner soll übersetzen, wenn die zwei Kunden gleich in die Bank kommen wegen diverser Themen. Ein Ehepaar. Taner eindeutig sehr lustlos. Kein Bock und keine Zeit auf türkische Immigranten. Worum geht's? Kontoeröffnung? Du weißt, ich bin Investmentmanager.

Alper hat selbst keine Ahnung, worum es geht. Er bekam einen Anruf von Thomas. Der Termin wurde ihm eingestellt, da türkische Kunden. Sprechen kein Deutsch. Also Alper!

Wusste eben keiner, dass Alper offenbar der Falsche dafür ist. Hat sich eben bisher keiner interessiert, was Alper kann oder nicht kann. Türke ist beim Türken gut aufgehoben.

Kunden kommen, unsere Designeranzugträger an der einen Seite des Tisches nebeneinander sitzend, Beine überschlagend. Das Ehepaar Gülcan und Kenan auf der anderen Seite, sitzen sehr bescheiden und warten, bis jemand das Wort ergreift.

Taner sehr offensiv und möchte möglichst gleich weiter in den nächsten Termin bzw. in die Kreditabteilung zu Tanja. Ist eine Neueinstellung. Ein Hingucker. Er will sie zum Lunch einladen. Hmm, Tanja, groß, schlank, blond, blaue Augen ... eine echte Wildkatze. Endlich mal eine hübsche Kollegin nach all den Schabracken der letzten Monate. Mensch Taner, konzentriere dich auf die Kunden.

Taner sehr überheblich und nach der kurzen Einleitung Alpers: worum geht es denn? Wie können wir helfen?

Was machen Sie eigentlich beruflich? Und wie lange sind Sie schon in Deutschland? Ich frage nur, weil Sie kein Deutsch sprechen.

Gülcan und Kenan kurz verlegen und erklären die Situation. Sie sind vor 3 Tagen angekommen. Quasi am Freitag. Sie interessieren sich für die finanziellen Belange, auf die man achten muss in Deutschland. Was ist wichtig, was ist dringend!?

„Haben Sie denn Arbeit?", will Taner wissen.

Die Eheleute legen ihre Arbeitsverträge auf den Tisch. Beide haben Verträge bei Ernst & Young unterschrieben, als Wirtschaftsprüfer für den eurasischen Raum.

Er verdient 135.000 Euro und sie 150.000 Euro brutto im Jahr. Keine Kinder, verheiratet, Mietwohnung in Griesheim, keine Schulden. Er Dipl.-Mathematiker, sie PhD in International Business.

Sie würden gerne zunächst an ihr Depot in der Türkei anknüpfen. Depotstand per heute: 250.000 Euro.

Aus Taner und Alper kommt lange nichts!

Dann wieder nichts. Außer etwas Gestammel und Fachchinesisch. Das aber sehr ehrfürchtig, verlegen und bescheiden. Andere Sitzhaltung. Gülcan und Kenan außerordentlich freundlich und sympathisch.

Taner klärt auf – über deutsche Finanzen und Gesetze. Notiert notdürftig das eine oder andere.

Das Essen mit der Tanja hat er komplett vergessen. Ist noch etwas durch den Wind.

Wird wohl fürs Erste bei einem Entschuldigungskaffee bleiben – gleich nachdem er Thomas aufgeklärt hat.

BIOGRAFIE

Serkan Ersöz

Mit markanter Frisur und einem herzhaften Lachen mehr Weltbürger als kulturell lost.

„Das ist mir" anstatt „Das ist meins" findet er schrecklich! Hessen und Possessivpronomen.

Auf seiner Tembure trällert er ab und an „Auf du junger Wandersmann!"

Haselbeck Fritz

Gedichte

Das alte Dorf

Verschlafenes Gemäuer
ins Tal geschmiegt
Die korkige Linde
sie erzählt
ferne Geschichten
von Krieg und Frieden
Menschenwerk
Wirklichkeit
und
Traum

Enttarnter Tag

Essiggurken
zum Frühstück
Vor dem Fenster
die jaulende Katze
schwarzfleckig
Die Kaffeesahne
schmeckt
fahl
gleich
meinen Gefühlen

Wortbruch

Myriaden von Jahren
fegende Jagd
der Zeiten
mit fliegendem Haar
Glück
es hat dir Treue
versprochen
unselig
zum Trotz
sein Versprechen
gebrochen

Verzeihen

Rostende Seele
eingegrabene Schuld
Kuckucksruf
aus maienen Blättern
Erwachen
kosmische Kraft
kündet von
entschuldeten Tagen

Die Zeit

Gläsern
zerbrechlich
denen entrückt
die einst waren
Anfang ohne Ende
Zeit
sie beglückt
sie heilt
sie bedrückt
sie eilt
sie flieht
vor dir

BIOGRAFIE

Dr. phil. Fritz Haselbeck, geb. 1951 in Wegscheid (Bayern). Seit früher Zeit beschäftigt er sich mit Lyrik und Poesie. Er schreibt Texte in Prosa-, Epigramm- und Gedichtform, verfasst Aphorismen und Inhalte zu Zeitthemen. Diese schaffen Sinnhorizonte, die Alltagserfahrungen und konkrete Lebenssituationen.

Jun Carola

Gedichte

Antworten in uns.

In einer Welt voller Rätsel und ungelöster Fragen,
suchen wir nach Antworten, die uns befreien und
unser inneres Licht erhellen.
Wir suchen nach Lösungen, die uns beflügeln und
frei werden lassen.
Der Schlüssel der Erkenntnis ist tief verborgen
in den Tiefen unseres Seins.

Um dort hinzugelangen, müssen wir viele
Hindernisse überwinden,
uns mutig in die Dunkelheit wagen.
Einen Tanz der Gedanken zulassen, um das
Flüstern des Windes zu vernehmen.
Wir suchen nach Pfaden voller Wahrheit und
sind erfüllt von Leidenschaft,
immer der Lösung auf der Spur.

Selbst Wege voller Herausforderung
verleihen uns die Kraft, die uns voranbringt
um neue Perspektiven zu erkennen und unsere
Augen für das Wesentliche zu öffnen.
Wir suchen weiter, entgegen allen Wirrungen,
wir streben nach der Quelle in uns, um die
Geheimnisse des Universums zu enthüllen.

Und wenn die Lösung erscheint, ist sie wie der strahlendste
Sonnenstrahl, der die Nacht durchdringt
Sie bringt Harmonie ins Chaos, schenkt
Verständnis, lässt uns begreifen.

Sie leuchtet uns den Weg, ist der Kompass,
der uns sanft führt und durch alle Irrwege
des Lebens hinein in den Frieden trägt.

Wonach mein Herz sich sehnt.

Still und leise verliert es sich, suchend nach dem,
was Stück für Stück verloren ging,
zurück bleibt nur die Sehnsucht.
Zarte Tränen, wie Schneeflocken, siedeln sich
in meinem Herzen an.

In jedem Stern am Himmelszelt erkenne ich ein Stück von dir,
viel zu weit entfernt, fernab in Welten,
die unerreichbar scheinen.
dort, wo alle meine Träume leben.
Ein fernes Echo ruft, hallt unablässig in mir,
wonach mein Herz sich so sehr sehnt.
Es zieht mich fort, erfüllt von Melancholie,
alles ist nah und doch unendlich fern.
Ein Flüstern in der stillen Nacht, ein Lied,
das nur meine Seele kennt.
Er webt sich durch die Zeit, wartend auf eine Antwort,
die niemals kommt.

Wonach mein Herz sich so sehr sehnt, ist weder fern noch nah.
Es ist das Licht, das tief in mir noch brennt.

Es ist dort, wo ich ahne, dass Liebe in mir wohnt.
Still und leise verliert sich meine Seele,
doch das Echo in mir verhallt nicht.
Es lässt nicht zu, dass die Dunkelheit mich
verschlingt.
Es verspricht mir einen Ort, wo mein Herz von
allem Ballast befreit ist.

Dort, wo ich gesehen, gehört, beschützt werde.
Wo Vergangenheit, Gegenwart und Zukunft
unwiderruflich geliebt werden und mir ewig nah sind.
Ein Flüstern durchdringt die Stille der Nacht,
ein Lied, das nur meine Seele kennt,
es durchdringt das vernarbte Gewebe der Zeit,
bis mein Herz die Antwort erkennt.

In der weiten Welt der Stille,

wo meine Worte zu stummen Gedanken erstarren,
entfliehe ich der verstaubten Hülle,
suche nach neuen Pfaden, voll von Narren und Träumen.

Fernab von jener festen Gewissheit,
die die Alten so sehr erfreut, breche ich auf ins Unbekannte,
wo das Neue im Verborgenen mir leuchtet.

Die Federn der alten verstaubten Verlässlichkeit sind längst
stumpf und grau,
doch mein Herz schlägt im Rhythmus des Neuanfangs.
Eine Melodie voller Leben und Ideen,
die dem Vergangenen entflieht, um mich stetig erneuert.

Kein Pfad ist mir zu fern, kein Weg zu kühn oder zu lang.
In dieser Welt des Wandels und der Leichtigkeit,
wo ich dem Staub der Vergangenheit entfliehe.
Dort lerne ich erst im freien Flug meiner Gedanken,
was es heißt, wirklich frei zu sein.
Jetzt endlich löse ich mich von der Last der verstaubten
Verlässlichkeit.

Ich habe immer nur dich gemeint

Ich träume stets davon, dich irgendwo zu finden,
in einem Meer aus Farben und Licht.
Im Auge des Sturms, der durch meine Adern tobt
und du versprichst mir am Ende die Welt.

Immer habe ich davon geträumt,
nur für eine Nacht mit dir eins zu sein,
bis wir nur noch Atem sind.
Nur einmal möchte ich mich in dir auflösen,
bis mein Traum im Morgenlicht zerbricht.

Ohne dich verlieren meine Worte ihre Bedeutung.
Weit weg von dir klingen sie leer und fremd.
Meine Sehnsucht treibt mich an kalte, fremde Ufer,
wo ich ins Unbekannte stürze, in ein tiefes Meer,
aus Träumen, Hoffnungen und Gedanken an dich.

Ich wünschte, meine Worte könnten in deinen verklingen,
mein Atem vibriert wie ein Echo in der Stille.
Manchmal lastet diese Leere so schwer auf mir,
dass nur Tränen sie sanft überfluten können.

Doch in der Tiefe, wo Schmerz und Sehnsucht fließen,
trägt der Gedanke an dich mich durch die Dunkelheit.
Und vielleicht, eines Tages, wirst du mein Flüstern hören,
und deine Antwort wird mich heimführen.

BIOGRAFIE

Carola Jun, 1964 in Berlin geboren, ist eine freie Autorin. Sie schöpft Inspiration aus Geschichten und Bildern des Lebens sowie aus besonderen Einsichten und Ausblicken. Es ist ihr wichtig, die Leser im Herzen zu berühren – nicht mehr und nicht weniger. Vielleicht können ihre Texte alte Erinnerungen wiederbeleben oder das Herz zum Fliegen bringen.

Kellner Marion

Eine Gute-Nacht-Geschichte aus dem Zwergerldorf Blumenwies

A Winter wia ausm Buidabuach

Dick liegt da Schnää auf und vorm Zwergerldorf Blumenwies.

De Dacherl spitzn bloß no aa bissl raus, dass ma hoit kennt:

Des is blau, und des is gäib und so.

Zwischen de Häuserl is koa Weg … Is des schee! Eigschneibt!

Bassiern konn koan wos, denn olle Einwohner san ja dahoam.

Und sie san beinander … und jeda huift ja sowieso jedem.

Und überhaupt, wenn wirklich irgendoam as Essn ausgeh daat:

D'Olivia, die Wirtin in der „blauen Glockenblume", hot Vorrat. Und dann hams eanane „Spezialschaufen" aus

trockener Baumrinde … mit dene lasst si scho a Spur im Schnee macha.

Bloss da Xaverl is ned guat beinander. Er huast und niast, hot
Fiaba und liegt im Bett.

Er kriagt an allseits bewährten
hoassn Salbeitee und an Zwieback. Mehr mog er ned

Im Moment sowieso ned. Grod hod
eam Mama wieder an kühlenden Wadenwickel oglegt

und an Buam warm eibackelt. An dicken warmen
Schal um an Hois ...

„Schlaf a bisserl, Xaverl. Schlaf
da des ganze Kranksei raus!" D'Mama deckt ihrn Bauam
warm zua und geht ausm
Zimma.

Do sigts, dass da Rumsti Schnee
schaufet. Scho san a poar Wege frei.

Nüber zum Klausi und zur Gisela zum Pankraz

De Vier habn heit wos vor: a poor
schöne, starke dunkelgrüne Tannenzweige san unter der
Schneelast abbrocha. De
woins ausm Woid hoamhoin. So a sattes Grün im Winter
bringt glei a andere
Stimmung ins Haus.

Da Pankraz packt sein Rucksack. Tee und a bissl wos zum Essn
und a warme Deckn.

Da Klausi lacht.
„Mir gengan ja nur nüber inn Woid"

„Ma konn ned wissen" da Pankraz
lasst si ned drausbrnga.

Aa da Rumsti hod an Rucksack
dabei. Sozusagen an „Notfallkoffa" Do drin is außer am Proviant
no a kloane
Schaufel. Nix gwiss, woaß ma ned.

Olle vier sans warm ozong. A lange
warme Unterhosen, a Unterhemd, warme Socken, Päizstiefi,
Mütze, Schal und Handschuah und a ganz warmer Umhang.

D'Sunn scheint und bringt de
Schneedeckn auf der Wiese zum Glitzern. Wia dausend
Diamanten.

Sie stapfen durch an ziemlich
diafn Schnee. Grod schee is! Und sie san an oam Ratschn.

Wias sei soi, ziang Woikn auf.
Wattebauschen! Aber heid ned weiß mit am
zarten, rosaroten Schimma, naa, heid
sans dunkelgrau. In kürzester Zeit is dusta worn. Sie gengan so
schnäi, wias
kenna, denn da Rumsti hod gmoant, im Woid lasst si des
bevorstehende Unwetter
besser aushoitn.

Grod sans drin. Do bricht des
Weda los! A Schneesturm! Koana sigt mehr den andern.

De Schneeflockn brennan in den
Augen und da Wind peitscht die Woikn vor sich her.

Es is dunkel. Nocht am
hellliachtn Dog! Die Baam biang si, ois waarns Groshalme.

Da Pankraz, da Rumsti, da Klausi
und die Gisela nehman sich an da Hand. Nur ned auslassn.

Auf offener Fläche kanntn sa si
nua a Mulde grobn und si do drin vestecka.

A gefühlte Ewigkeit dauert des …
„Is des da Weltuntergang?"

So schnäi, wia der Blizzard kemma
is, so schnai war a aa wieda weg. Er is einfach weider gwandert.

Die liebe Sonne war wieder da und da Schnee hod wieder
glitzert.

Bloß hod ma nix mehr gseng vom
Dorf und von der nächsten Umgebung. De Baam haben an Schnee aa bissl
obgmindert. Aber die Vier habn nimma gwußt, in wäiche Richtung müassns. As
Dorf war verschwunden!

Wia jetz wieder zruckfinden?

Da Rumsti hod mit seiner „Notfallschaufel"
amoi im Windschattn vo oana riesengroßen Tanne
a Kuhle ausghobn. Mit Deckn san de Kinder eigwickelt worn
und es hod an hoaßn Tee gebn.

Fürn Rumsti war ned amoi a Zauber möglich. Wos hätt er
denn zaubern soin? Den ganzn Schnee weg, as Zwergerldorf

Blumenwies an den
Waldrand? An warmen Sommertag?

So sans ganz staad do gsessn und
ham nochdenkt ...

Wias wegganga san, des hams
gwusst, aber in weiche Richtung soins zruck?

Es is nur Schnää! A einheitlich weiße Fläche.

Am liabstn hättns gwoant, da
Klausi und die Gisela.

Aber da Rumsti is do – da Pankraz is do ... und mit dene zwoa is
oiwei olles no guat worn.

Und ois und jedes is am End guat
naus ganga ...

Im Woid is da Schnää ned so diaf
liegn bliebn und drum hams a dunkle schwere Tannenzweige
gfundn.

De hod da Sturm einfach rumgschmissn.

Do draus is a Lager worn, auf des
sich olle setzn ham kenna und andere Zweige hams zum
Zuadecka hergnumma.

Des hod scho amoi basst ... aba ???
und jetz??? Soo koit! Bibbert hams, olle vier.

Trotz Deckn, de die Petronella
gewebt ghabt hod, hoaßm Tee und Brotzeit ... Trotzdem:

Gmüatlich is wos anders!

In Blumenwies is d'Sorg umganga.
Schee langsam hams eanane Wege ausgrobn, dass zsamakema
ham kenna. Bei da Olivia ... am warma Ofa, mit der glühenden
Herdplatn, de Brodäpfe, die so guat
riacha und da Wasserkessel, der jeds moi pfeift, wenns Wasser
kocht und der Dampf aufsteigt ...

Der kloane Hund, Chi-Wa-Waa, vom
NachbarBauernhof nahe vom Zwergerldorf Blumenwies, hod
beobachtet, wia de kloane Gruppn weg ganga
is. Glei hod er sich gor nix denkt. Aber
dann, wias auf oamoi nach Weltuntergang ausgschaugt hod ...

Da Chi-Wa-Waa, is unruhig worn.
Schließlich hod er aa scho a richtig schöne Begegnung ghabt
mitm Rumsti – aber des is a eigene Geschicht. Er is zum
Schweinderl Fridolin ganga, dem die
Bewohner von Blumenwies aa scho as Lebn
gerettet ham.

Da kloane Hund hod si aufn Buckel vom Fridolin gsetzt
und mit da broadn Schnauzn hod si des Schweinderl an Weg
gebahnt. Da Chi-Wa-Waa
hod eam gsogt, wo er hi muaß, dass er nüber zum Woid kummt.

„Jetz grod aus, Fridolin, naa, weider
nach rechts ... und jetz grodaus, auf de andere Seitn nüber ..."

Er hod ja auf seim Aussichtsbosten
an Überblick ghabt.

D'Amanda, de weiße Hena, hod aufgeregt gackert, da Hase
Roland hod vor

Aufregung Bauchweh kriagt vo seiner Gelben Ruam ... und Chrysantheme, de
Spitzmaus, hod si verschluckt ...

Jetzt san aa de Dorfbewohner aufbrocha ... Sie ham nimma glacht, dass, wenn ma im Winter inn Woid geht, wos für alle Fälle dabei hom muass.

Aba im Moment hod ja no koana
gwusst, wo die kloane Gruppe vom Unwetter überrascht worn is ... ob si verschüttet
san. Oda doch hoffentlich olles guat is ...

Auf oamoi fangt des kloane Hunderl
as Bellen oo! A so laut und schrill hod a bellt, wia des nua a Chiwawa zsambringt!

Olle hams gwußt: gfundn! Und de
Begrüßung! Der kloane Kerl hod mit seim Schwanz gwedelt, dass der ganze Hund
gwackelt hod. Schee langsam san aa de Freunde ausm Dorf angekommen. Des war soo
aa Freid!! Dass sie de ganze Gruppe wohlbehalten in die Arme schliaßen ham kenna!

Da Pankraz war zu erschöpft. Säiba
hoamgeh hätt er nimma fertig brocht. Drum
hod er sich auf einen dunkelgrünen duftenden Tannenzweig gsetzt und sich ziang lassn.

Und! Wia is des im Zwergerldorf
Blumenwies ollerweil, wenn wieder was
glücklich vorüber ganga is?

Dann haben olle gsunga, danzt und
glacht bis in den frühen Morgen.

Desmoi warn aber aa de olle vom
Nachbarn dabei.

Ned nur de, de akiv mitghoifa ham,
aa de, de vor Aufregung hoibat krank worn san!

So ein schönes Fest und des mitten
in Käitn, Eis und Schnee!

Kockel Silvia

Alle Jahre wieder ...

Alle Jahre wieder ... Obwohl diese drei Worte sofort an das bekannte Weihnachtslied erinnern, gibt es noch etliche andere, jährlich wiederkehrende Höhepunkte in unserem Leben. So ist für manche Menschen der eigene Geburtstag – *alle Jahre wieder* – ein besonderer Tag, auf den sie sich freuen, zu dem sie kleinere oder grössere Feste feiern. Selbst wenn jemand diesen Tag und das damit unweigerlich verbundene Älterwerden lieber übergehen möchte, man hat keine Chance – der Geburtstag, das neue Lebensjahr, kommt, ob wir es wollen oder nicht.

Einerseits verläuft unser Leben zwar in einer geraden Zeitlinie gestern – heute – morgen, Vergangenheit – Gegenwart – Zukunft, daneben gibt es aber andererseits auch so etwas wie wiederkehrende Schleifen, die uns in bestimmten regelmässigen Abständen wieder einholen. Weihnachten und Geburtstag sind nur zwei Beispiele dafür. Es gibt noch unzählige andere jährlich wiederkehrende, mehr oder weniger emotional berührende Ereignisse:

Neujahr mit der Gelegenheit, Rückschau zu halten, was ist wie gelungen und wie kann es im neuen Jahr mit gezielten Vorsätzen und klarer Planung weitergehen. Manche machen das, andere genießen einfach nur die Silvesterparty und lassen das neue Jahr weiterlaufen, wie es eben kommen mag. Jeder auf seine Art. Nachher folgt Karneval und Fasnacht – nicht nur für Basler *die schönste Zeit im Jahr* und für viele andere ebenfalls die Gelegenheit, einmal im Jahr die Fesseln des Alltags abzuwerfen, sich zu verkleiden, vorübergehend in eine andere Haut zu schlüpfen und Narrenfreiheit zu erleben. Ostern als Fest der Auferstehung und des Frühlings. Die Zürcher wiederum feiern jedes Jahr das Sechseläuten, an dem der Winter ausgetrieben wird, und im Sommer die Street Parade, die größte Techno-Party der Welt. Für die einen endlich wieder ein großartiges Fest, andere machen zu der Zeit Ferien anderswo, um dem Trubel zu entgehen. In Luzern, Bayreuth oder anderen Städten sind es besondere Festspiele, die jedes Jahr weiterum Anklang finden, Besucher anziehen oder auch von manchen ignoriert werden. Andere wiederum fiebern schon jetzt hin auf den nächsten European Song Contest oder Fußballmeisterschaft. Schon lange geplant werden zumeist Urlaub und Ferien und haben einen festen Platz im Kalender. Nach den Gedenktagen im November beginnt bereits die Vorweihnachtszeit, Weihnachten kommt und mit Neujahr geht der Kreislauf in die nächste Runde. Und so weiter. *Alle Jahre wieder.*

Welche wiederkehrenden Höhepunkte gibt es in Ihrem Umkreis und in Ihrem persönlichen Leben? Freuen Sie sich jedes Jahr wieder auf Ihre Reisezeit, von der Sie dann noch eine Weile zehren? Oder machen Sie jedes Jahr eine Gesundheits- oder Fastenkur? Welche Gedenktage feiern Sie – das erste Kennenlernen, den Hochzeitstag, einen besonderen Erfolg – oder Sie denken an einen besonderen Menschen an einem Todestag?

Ein regelmäßiger Rhythmus gehört einfach zu unserem Leben. Individuell ganz unterschiedlich, aber eben doch. Jährlich, aber auch mit anderen Zeitabständen. Ganz persönlich vertrauen wir jeden Monat auf die pünktliche Zahlung des Lohnes, um in der Folge unsere Rechnungen bezahlen zu können. So feiern wir den Sonntag oder das Wochenende als grundsätzlich arbeitsfrei oder einen anderen Wochentag mit einem speziellen Programm, Yoga oder Sport oder Chorprobe oder was immer. Oder die tägliche Routine von Aufstehen, Morgentoilette, Frühstück, Tagespensum, Mahlzeiten, Freizeit, Abendprogramm, Schlafen, aufstehen,... Der regelmäßige Rhythmus gibt uns einfach Sicherheit und Vertrauen. Manche Ausnahmen mögen durchaus beleben, manchmal aber auch verwirren oder erschüttern. Änderungen im Ablauf sind immer möglich, wenn sich im Leben neue, andere Prioritäten zeigen.

Rhythmus ist wichtig für Babys, kleine und größere Kinder. Für Erwachsene ebenso, obwohl wir als selbstständige, unabhängige Erwachsene manchmal gerne glauben, problemlos über die Stränge schlagen zu können. Mit zunehmendem Alter wird ein regelmäßiger Rhythmus oder Tagesablauf wieder wichtiger, denn so können Kräfte und Energien gespart und vernünftig und zielgerichtet eingesetzt werden.

Auch unser Körper lebt einen bestimmten Rhythmus. Die chinesische Organuhr gibt Auskunft darüber, wann welche Organe ihre optimale Arbeitszeit haben. Unsere Ärzte wissen, wann welche Medikamente besser wirken. Den Rhythmus unseres Herzschlages, des Atems und der Verdauung können wir fühlen. Und wir spüren sehr gut, wann er ausgeglichen ist und wir uns damit wohlfühlen oder nicht.

Die wiederkehrenden Rhythmen und damit verbundene Gewohnheiten oder Rituale vermitteln uns eine gewisse Geborgenheit und Zuversicht in den Ablauf des Lebens. Zumal wir dabei immer die Freiheit haben, das Bisherige beizubehalten, zu verändern oder einfach auch einmal bleiben zu lassen.

Einen das ganze Jahr umfassenden Rhythmus erleben wir im Lauf der Natur: Frühling – Sommer – Herbst – Winter. Viel zu wenig bewusst ist im Allgemeinen, wie der Wandel der Natur im Laufe dieser zwölf Monate unser Leben, unser Handeln und unsere Gefühle vielschichtig beeinflusst. Deutlicher nachvollziehbar wird dies anhand der zwölf Monate der Tierkreiszeichen. Jedes symbolisiert verschiedene Lebensqualitäten wie ein Abbild der Natur. Jedes Jahr der gleiche Kreislauf im Hintergrund, den wir individuell jedes Mal leicht abgewandelt durchleben, basierend auf den Erfahrungen des Vorjahres. Jeder astrologische Monat vermittelt eine besondere Qualität der Zeit, die sich nicht nur auf die zu dieser Zeit Geborenen auswirkt, sondern genauso auch den Alltag aller schon Lebenden zu diesen jeweiligen Zeiten beeinflusst.

Die Widderzeit Ende März/April ist die Zeit des Erwachens, alles beginnt mit unbändiger Kraft und Energie zu wachsen und wir leben auf mit neuem Tatendrang. Oder bei Stier Ende April/Mai werden Setzlinge gepflanzt in der Erwartung, dass sie gut gedeihen mögen. So wollen viele Paare im Wonnemonat Mai heiraten in der Hoffnung auf längerfristigen Bestand und dank Venus mit sinnenfreudigem Erleben. Wie die Pflanzentriebe in der Natur in den Raum hinauswachsen, so sind Zwillinge geprägt von Neugierde und dem sprachlichen Ausdruck im gegenseitigen Kontakt. Die Wärme der Krebszeit lässt Gefühle und Emotionen aufleben, setzt sich mit Psychosomatik sowie mit Familienleben und -geschichten auseinander. Im Hochsommer zur Löwezeit steht alles in voller Blüte. Das vermittelt einfach Selbstbewusstsein und Führungsqualitäten. Aber gerade die Ruhe dieser Ferienzeit ermöglicht, kreativ und spielerisch tätig zu werden. Der deutliche Wechsel der Zeitqualität zum Herbst macht die Jungfrau vorsichtig und planvoll und achtsam für Gesundheit und Vorsorge. Die Ausgeglichenheit der Waage mahnt an Diplomatie im Miteinander- und Zusammenleben. Die länger werdenden Nächte, Allerseelen und Allerheiligen in der Skorpionzeit führen uns zur Auseinandersetzung mit Tod und Sterben und welche Werte in unserem Leben zählen. Die Schützezeit wiederum stellt Fragen nach der Sinnhaftigkeit unseres Lebens und vermag unseren Horizont weit über das Irdische hinaus zu eröffnen. Schon in den ersten Steinbocktagen, mit den wieder länger werdenden Tagen, verspüren wir oft unmittelbar den Drang zu neuen Plänen, aber auch die Auseinandersetzung mit Vergangenem. Bei Wassermann die enorme Wirkkraft unserer Gedanken zu erfahren, ermöglicht uns neue Freiheiten, nicht nur am Karnevalsumzug oder Faschingsball. Fische schließen das astrologische Jahr ab mit Themen wie Heilen, Kunst, Mystik und der Vorahnung auf das kommende neue Frühlingserwachen.

All diese Zusammenhänge beschreibe ich ausführlich in meinem Buch „Astrologie: nicht glauben – erleben!". Darin lesen Sie auch, woher unsere Astrologie kommt und wie Sie die Deutung eines

Horoskops auslegen können. Zahlreiche Beispiele verdeutlichen die Tierkreiszeichen als Abbild des Laufes der Natur. Mit Fragen zu den einzelnen Themen finden Sie Ihre persönlichen Antworten, um Ihr eigenes Verhalten und das Ihrer Mitmenschen besser zu verstehen. Verschiedene Körper- und Wahrnehmungsübungen führen zu neuem Bewusstsein und mehr Achtsamkeit im Umgang mit sich selbst und der Umwelt, sodass Sie Ihre jeweils aktuell gelebte Zeit optimal für sich nutzen können.

Es ist ein ungewohnter Weg und eine besondere Art und Weise, den Ablauf eines Jahres in seiner Bedeutung für sich ganz persönlich und für die Menschen im Allgemeinen zu erleben. Sämtliche Lebensbereiche mit ihren unterschiedlichsten Facetten sind in diesen zwölf Monaten vertreten. Wir sehen und begreifen, wie wir alle in diesen universellen Jahreskreislauf fest eingebunden sind. Einerseits bestimmt vom Lauf der wechselnden Zeitqualitäten und andererseits doch gleichzeitig frei und unabhängig durch unser bewusstes Erkennen, Verstehen, Entscheiden und Nutzen der jeweiligen Zeit. Und diese zwölf Zeitqualitäten wiederholen sich, kehren wieder ... *alle Jahre wieder ...*

Astrologie bietet einfach viel mehr als einfache Zeitungshoroskope, die Sie vielleicht im Vorübergehen lesen. Es ist wie mit allem anderen auch: Sobald man sich in eine Thematik hineinvertieft und erfasst, was wirklich darin steckt, dann entdeckt man, welche grundlegende Erkenntnis und Erfahrung daraus entstehen kann. Versuchen Sie es doch einmal! Sie werden überrascht sein.

BIOGRAFIE

Silvia Kockel
Jahrgang 1951, in Niederösterreich aufgewachsen, lebte einige Zeit in Wien und Tirol und seit 1988 in der Schweiz im Kanton Zürich und jetzt Baselland. Sie führte viele Jahre eine Praxis für Atemtherapie. Psychologie, Gesundheit und Astrologie begeistern Sie seit Teenagerzeiten. Ihr Buch „Astrologie: nicht glauben – erleben!" erschien im Juni 2024 bei novum.

Kummer Rolf

Kurzgeschichten

Verkehrte Welt

Die beiden in der Schweizer Meisterschaft führenden Fußballmannschaften schenken sich an diesem kühlen Samstagnachmittag im beinahe ausverkauften Stadion nichts. Die Zuschauer und Fans der beiden Mannschaften kommen voll auf ihre Rechnung. Das Spiel ist temporeich und beide Mannschaften nehmen mit ihrer attraktiven Spielweise auch gewisse Risiken in Kauf. Schließlich haben beide Teams das klare Ziel vor Augen, am Ende der Saison an der Tabellenspitze zu stehen. Sie werfen deshalb ihr ganzes fußballerisches Können auf den Kunstrasen. Es herrscht eine Riesenstimmung im Stadion. Es wird aus vollen Kehlen gegrölt und gesungen. Farbige Pyros werden gezündet und riesige Fahnen geschwenkt. Die beiden Fernsehreporter sind heiser, eine Folge des Kommentierens dieses heißen Spiels, das nach 85 Minuten immer noch 0:0, unentschieden, steht.

„Ohla! Achtung jetzt!", kreischt Hary Hirsch, einer der beiden Reporter, ins Mikrofon. Nun erneut ein von Florus Kühn aus dem Nichts gestarteter Angriff in der gegnerischen Platzhälfte. Der 22-jährige offensive Mittelstürmer beeindruckt mit einem technisch anspruchsvollen Dribbelsolo, bei dessen Entstehung er die Defensive der gegnerischen Mannschaft leichtfüßig und lässig auf engstem Raum ausspielt und den Ball anschließend wunderschön aus spitzem Winkel durch eine schmale Gasse zwischen allen Gegenspielern hindurch ins Netz kickt. Was für ein Tor! Unglaublich, diese Kaltblütigkeit des noch so jungen Spielers beim Abschluss. Florus jubelt, spurtet freudestrahlend und mit erhobenen Armen vor der in Ekstase geratenen Fankurve durch. Riesengebrüll, unterstrichen mit Fahnenschwenken und Pyros. Seine Teamkollegen rasen förmlich auf Florus zu, umarmen und herzen ihn, was das Zeug hält. „Ist dieses besonders großartige Tor des jungen Mittelstürmers Florus Kühn in der 86. Spielminute die Vorentscheidung?", fragen sich unsere beiden ins Mikrofon schreienden Kommentatoren.

In etwa zur gleichen Zeit spurtet die junge Pflegefachfrau Leila in der Notfallabteilung des Inselspitals um das Leben eines Patienten, der soeben einen Herzinfarkt erlitten hat. Der Bettnachbar hat glücklicherweise realisiert, dass sein Zimmergenosse schwer atmete, ja nach Luft schnappte und sich an die Brust griff. Sein Gesicht war schmerzverzehrt. So drückte er unverzüglich den Alarmknopf am Haltegriff seines Bettes. Gott sei Dank war Leila nicht mit einem anderen Patienten beschäftigt, war somit rasch im Zimmer und hat beim Anblick des betroffenen Patienten sofort den Ernst der Lage erkannt. Sie braucht unverzüglich einen Defibrillator. Wegen des akuten Personalmangels ist sie für einige Zeit alleine auf der Notfallstation. Sie kann also keine Hilfe holen und ist völlig auf sich allein gestellt in diesem Kampf ums Überleben. Sie rennt aus dem Zimmer und durch den Korridor bis zum nächsten Defibrillator-Standort. Leila nimmt das Gerät zu sich und rennt damit zurück ins Zimmer des um sein Leben kämpfenden Patienten. Dies alles ohne Publikum, sieht man von den wenigen Patienten im Korridor ab, die sich allem Anschein nach solche hektischen Szenen gewohnt sind.

Leila klebt rasch die beiden Elektroden des Defibrillators an die vorgegebenen Stellen auf der Brust des Patienten und folgt danach den Sprachanweisungen des Geräts. Leila hat in ihrer beruflichen Tätigkeit schon mehreren Menschen das Leben retten können bzw. dürfen. Das waren für sie stets ganz besondere, tief berührende Erlebnisse. Sie geht seit jeher in ihrer Arbeit auf, obwohl es ein echter Knochenjob und körperlich recht anstrengend ist. Zudem ist die Arbeit auch seelisch belastend, da man täglich mit Krankheiten und dem Tod konfrontiert wird. Trotz der starken psychischen und körperlichen Belastungen sowie des seit Jahren herrschenden Fachkräftemangels schätzt Leila die selbstständige Arbeitsweise, die Pflege und den Kontakt mit Patientinnen und Patienten aller Alters- und Milieuschichten.

Die Wirkung des Defibrillators auf den Patienten ist Gott sei Dank positiv. Leila ist froh, dass sie es ganz alleine geschafft hat, mit Hilfe des rechtzeitig eingesetzten Defibrillators wiederum ein Leben gerettet zu haben. Sie lächelt den Patienten ermutigend an und beruhigt ihn: „Es wird alles gut kommen, bleiben Sie ruhig. Der Arzt wird bald hier sein." Kaum hat sie dies ausgesprochen, eilt der Herzspezialist, der von Leila mittels Piepser alarmiert wurde, ins Zimmer. Er lässt sich kurz von Leila informieren, befragt den Patienten zu seinem Befinden und sagt ihm, dass man umgehend ein EKG und weitere verschiedene Untersuchungen vornehmen wird. „Machen Sie sich kein Kummer, es wird alles gut kommen. Sie sind in guten Händen", ermuntert er den Patienten und verlässt mit Leila das Zimmer. Auf dem Korridor wendet er sich kurz an Leila: „Sehr gute Arbeit, Sie haben rasch und richtig gehandelt. Danke."

In der Zwischenzeit wurde das Fußballspiel abgepfiffen. Es fielen keine weiteren Tore. Die siegreiche Mannschaft von Florian Kühn, dem einzigen Torschützen des heutigen Nachmittags, lässt sich von der Fankurve feiern. Währenddessen trifft Leila alleine und ohne Fankurve die nötigen Vorbereitungen für das EKG[1] und die vom Arzt angeordneten Untersuchungen. Sie macht auch diese Arbeit wie immer rasch und mit der notwendigen Ruhe und Überlegtheit.

Am andern Tag sind die örtlichen Medien voll des Lobes für den jungen Fußballspieler, dessen Marktwert dank seines Supertors wiederum gestiegen ist. In denselben Medien sucht man hingegen vergebens eine Meldung von der Pflegefachfrau Leila, welche gestern Nachmittag im Inselspital durch ihr rasches Handeln einmal mehr einem Menschen das Leben gerettet hat. Ohne Publikum und zu einem x-fach bescheideneren Lohn. Eine verkehrte Welt, einverstanden?

Die Frage sei erlaubt: „Wer hat wirklich Entscheidendes, Nachhaltiges geleistet, der junge Fußballer Florian oder die Pflegefachfrau Leila? Ich habe meine Antwort auf diese Frage. Und Sie?

---

1 Das Elektrokardiogramm (EKG) ist die Aufzeichnung der Summe der elektrischen Aktivitäten aller Herzmuskelfasern mittels eines Elektrokardiografen.

Das (T)Raum-Parfüm

Alle Jahre wieder kommt der Muttertag. Er hatte sich das Datum bereits zu Beginn des Jahres in der elektronischen Agenda seines iPhones eingetragen. Damit wollte er sicherstellen, dass sein iPhone ihn rechtzeitig auf dieses wichtige Ereignis hinweisen wird. Wie praktisch. Ja, ein iPhone beherbergt nebst allen negativen Seiten auch positive Hilfestellungen. Eine Woche vor dem besagten Termin meldete ihm sein iPhone pflichtbewusst bzw. technisch bewusst, dass in einer Woche Muttertag ist. „Danke, iPhone", sagte er mehr zu sich selber als zu seinem iPhone.

Am Muttertag wollte er seine Frau verwöhnen. Er hat sie vorgewarnt und ihr gesagt, dass sie für den Muttertag keine Einkäufe machen müsse. „Ich werde dich zum Mittagessen einladen", sagte er zu ihr. „Nur wir zwei. Ich habe bereits einen Tisch in einem Restaurant mit Blick auf den See reserviert." Sie freute sich sehr darüber und war erstaunt, dass er das Datum diesmal nicht vergessen hat, so wie letztes Jahr. Das war damals eine mittlere Katastrophe.

Nebst dem Mittagessen in besagtem Restaurant wollte er seine Frau noch mit einem kleinen Geschenk überraschen. Ein besonderes Parfüm sollte es sein. Der Preis spielte dabei keine Rolle. Es war ja für seine Frau, die ihn während des Jahres immer wieder aufs Neue verwöhnte. Sie hat diese Aufmerksamkeiten mehr als verdient.

Er machte deshalb nach Büroschluss in einer Parfümerie halt. Eine Verkäuferin kam auf ihn zu und fragte: „Kann ich Ihnen behilflich sein?" „Oh, ja, sehr gerne", erwiderte er. „Ich suche für meine Frau ein Parfüm. Es soll einen guten Geruch verbreiten, nicht zu aufdringlich, nicht zu süß. Reicht Ihnen das so, um mir Vorschläge zu machen?" „Ja", meinte die parfümierte Verkäuferin mit dem farbenfroh geschminkten Gesicht. „Folgen Sie mir bitte", wisperte sie freundlich mit einem Lächeln. Sie verschoben sich beide an die beinahe unendlich lange Wand voller Parfüm-Fläschchen und kleinen Parfüm-Kartons. Er kam sich vor wie im Schlaraffenland für Parfüme. Er war froh, dass ihm die Verkäuferin aus der riesigen Auswahl verschiedene Parfüms auf ein kleines, weißes

Zettelchen sprühte und ihm diese dann jeweils mit einem kleinen Kommentar zum Riechen übergab. So weit, so gut. Doch er kam sich richtiggehend überfordert vor. Wie soll er nun als Nicht-Parfüm-Profi das richtige Parfüm für seine Frau ausfindig machen? Nachdem er das zehnte Mal an einem dieser Zettelchen gerochen hatte, warf er den Handschuh. „Ich weiß echt nicht, für welchen Duft ich mich entscheiden soll", sagte er zur Verkäuferin. Diese sah ihn mitleidig an und dachte für sich: „Typisch Mann, kennt nicht einmal die bevorzugten Duftnoten seiner Frau. Also echt!" In einem ermutigenden Ton antwortete sie dann dem leicht verzweifelten Mann mit den guten Absichten: „So wie Sie mir Ihre Frau kurz beschrieben haben und gestützt auf ihr Alter, empfehle ich Ihnen dieses Parfüm hier." Sie zeigte ihm nochmals das hellgrüne Fläschchen mit dem kostbaren Wässerchen als Inhalt. Er roch ein Mal mehr am dazugehörenden, weißen Zettelchen und meinte dann: „Ja, danke, das nehme ich. Meine Frau wird diese Duftnote sicher lieben." Er hoffte es zumindest innigst und war erleichtert, am Ziel des mühsamen Auswahlprozederes angekommen zu sein.

Gerochen, getan bzw. gesagt, getan. Nachdem er den stolzen Preis für ein paar Milliliter Parfüm mit seiner Kreditkarte beglichen hatte, packte die Verkäuferin das kostbare Elixier in Geschenkpapier. Zufrieden verließ er nach geschlagenen 45 Minuten die Parfümerie und sog die frische Abendluft mit kräftigen Atemzügen ein. Herrlich, diese frische Luft! Das war sein Lieblingsparfüm. Und – der Muttertag konnte kommen, er war bereit.

Am Muttertag genossen seine Frau und er zu zweit ein herrliches Essen an einem schön gedeckten Tisch des besagten, reservierten Restaurants. Alles passte. Auch die Bedienung war sehr freundlich und kompetent. Da gab es nichts auszusetzen. Nach dem Dessert überreichte er dann seiner Frau das kleine Päckchen. Sie war positiv überrascht. Nach einem so wunderbaren Mittagessen zu zweit noch ein Geschenk! Das war sie sich gar nicht gewohnt. Sie schälte das Geschenkpapier mit ihren geübten Fingern sorgfältig weg und – „Oh!", entfuhr es ihr. „Oh, wunderbar, ein Parfüm. Das kann ich sehr gut gebrauchen. Ich kenne zwar diese Marke nicht, aber es wird sicher gut sein." Sie spritzte sich ein wenig Parfüm auf das Handgelenk und roch daran. „Herrlich, vielen Dank, das hast du sehr gut ausgewählt. Vielen Dank, wirklich sehr lieb von dir!" „Ich habe mich von einer farbenfroh geschminkten Verkäuferin beraten lassen. Ich bin froh, dass dir der Duft zusagt", erwiderte er sichtlich erleichtert, ein Volltreffer gelandet zu haben. Sie plauderten noch eine ganze Weile zusammen und zogen dann gut gelaunt von dannen, nach Hause.

Ein paar Wochen später stieß der Ehemann wieder auf das hellgrüne Fläschchen Parfüm. Es stand auf dem Sims ihres gemeinsamen Badezimmers. Auf seine Frage, ob sie den Parfümduft immer noch liebe, sagte ihm seine Frau: „Schatz, ich habe es in den letzten Tagen versucht, aber der Duft ist mir nun doch etwas zu süß und zu penetrant. Nichtsdestotrotz, mein Lieber, ich kann es dennoch gut gebrauchen. Ich spritze ab und zu etwas Parfüm zur Raumduft-Auffrischung ins Badezimmer."

So wurde aus seinem für teures und gutes Geld erstandenen Traum-Parfüm im hellgrünen Fläschchen ein einfaches Raum-Parfüm. Ein solches Produkt hätte er in der Migros, im Coop oder in irgendeinem Shopping-Center auch zu einem wesentlich günstigeren Preis ergattern können. Man(n) lernt eben nie aus!

Die Zangengeburt

Im Juli 2004 ist leider die Mutter von Ronald, einem sehr guten Freund von mir, im Alter von nur 72 Jahren nach längerer Krankheit gestorben. Sie wohnte während der letzten Jahre ihres Lebens in einer kleinen Wohnung in Riehen. Diese galt es nun, nach Abschluss der Trauerzeit, zu räumen. Ronald wollte diese Aufgabe im Gedenken an seine lieben Eltern respektvoll angehen. Der Vater von Ronald war bereits im März 1975 an Krebs gestorben. Der Tod seines Vaters hatte mein Freund damals stark mitgenommen. Er hing sehr an seinem Vater, der für ihn in vielerlei Beziehung stets ein Vorbild war. Beim

Tod seines Vaters war Ronald 18 Jahre alt und er hätte die Ratschläge seines Vaters in der Zeit des Erwachsenwerdens und bei der Beratung für die richtige Berufswahl noch sehr gebrauchen können.

An einem regnerischen, trüben Tag begann Ronald mit dem Durchstöbern und Aussortieren der verschiedenen, größeren und kleineren Kartons in der Wohnung seiner verstorbenen Mutter. Dabei gingen ihm auch zahlreiche, fein säuberlich versorgte Fotos, Schreiben und Briefe durch die Hände. Die Bilder und Inhalte zogen vor seinen Augen durch. In ihm wurden schöne und weniger schöne Erinnerungen wach. Ronald war sich bewusst, dass dieser Sortierprozess, wollte er ihn richtig und umsichtig machen, noch viel Zeit beanspruchen würde. Doch er wollte sich diese Zeit nehmen. Im Laufe des Nachmittags stieß Ronald auf einen von Hand geschriebenen Brief seines lieben Vaters. Er erkannte die Handschrift sofort. Der Brief war mit „10. Juni 1957" datiert und mit schwarzer Tinte geschrieben. Ronald war gespannt zu lesen, was sein Vater in diesem mehrseitigen Brief zu Papier gebracht hatte.

Ronald begann mit dem Lesen der ersten Seite und hatte sehr bald realisiert, dass sein Vater darin mit bewegenden Worten die Zeit vor der Geburt sowie die eigentliche Geburt seines ersten Sohnes, Ronald, in allen Einzelheiten schilderte. Ronald musste von Zeit zu Zeit beim Lesen innehalten und nachdenken. Der Brief seines Vaters löste in ihm viele Emotionen aus. Die bewegenden Worte gingen ihm ans Herz. Als er den Brief zu Ende gelesen hatte, hielt er ihn noch für längere Zeit in den Händen. Ronalds Augen waren feucht. Er realisierte vollumfänglich, wie seine Geburt und die Zeit davor seine lieben Eltern physisch und psychisch an die Grenze des Ertragbaren gebracht hatten. Er war äußerst dankbar, dass er diesen für ihn wertvollen und besonderen Brief im Nachlass gefunden hatte. Selbstverständlich hatte ihm seine Mutter zu Lebzeiten von seiner schwierigen Geburt erzählt. Jetzt jedoch den Brief seines Vaters zu diesem Ereignis in den Händen zu halten, war für Ronald sehr emotional.

Ein paar Wochen später traf ich Ronald in einem Restaurant zu einem vereinbarten Mittagessen. Beim Kaffee erzählte mir Ronald von diesem Brief seines Vaters und gab ihn mir zu lesen. Ich war berührt und dankte Ronald für sein mir geschenktes Vertrauen, diesen sehr persönlichen Brief lesen zu dürfen. Nach dem Lesen dieses besonderen Dokuments sagte ich tief berührt zu Ronald: „Was für ein wunderbarer Brief, den dein Vater damals geschrieben hatte. Eine unbezahlbare Erinnerung für dich, Ronald. Es gibt sicher nicht viele Väter, die anlässlich der Geburt ihres Kindes einen derartigen Brief verfassen." Ronald stimmte mir zu. Auf meine Frage, ob ich den Inhalt des Briefes in einer meiner Kurzgeschichten niederschreiben darf, gab mir Ronald sehr gerne sein Einverständnis. Zudem freute es ihn, dass ich diese besondere Geschichte in meinem Buch niederschreiben wollte.

Wir verabschiedeten uns und Ronald sagte mir, dass ich per Post eine Kopie des Briefes erhalten werde. Und so war es. Ein paar Tage später erhielt ich per Post eine Kopie des erwähnten Briefes. Ich las den Brief noch einmal und machte mich anschließend daran, ihn abzuschreiben. Ronalds Vater hatte die Geburt seines ersten Sohnes mit folgenden Worten festgehalten:[2]

„Unser Kindlein erwarteten wir auf den 20. April 1957. Da es das erste war, waren wir Eltern sehr neugierig und dachten, wie es wohl gehen würde. Bange zählten wir die Tage nach dem 20. April. Doch diese vergingen nur langsam unter der Hitze des Jahres 1957. Meine liebe Frau konnte bald nicht mehr gehen, da ihre Füße sehr groß aufgeschwollen waren schon vor dem Mittagessen. Unser Hausarzt Dr. Gengenbach sagte immer: „Wir warten noch, das Kindlein wird dann plötzlich zur Welt kommen. Kommen Sie in 8 Tagen wieder zur Sprechstunde!" So vergingen volle 24 Tage. Nicht nur wir Eltern bekamen es mit der Angst zu tun, sondern auch der Arzt. Mein liebes Hanny[3] nahm fortlaufend sehr an Gewicht zu und konnte keine richtigen Schuhe mehr anziehen,

---

2 Der nachstehende kursiv gedruckte Text entspricht 1:1 den Worten von Ronalds Vater.
3 Der Vater von Ronald verwendete in seinem Brief die Vornamen „Hanny" und „Hanneli" für seine Frau.

nur noch ganz alte, große Finken. Die Beine und Füße waren zum Platzen mit Wasser gefüllt. Das schwüle Wetter dauerte an.

Am 14. Mai (es war ein Dienstag) musste Hanny unter Anweisung des Hausarztes ins Frauenspital Basel eintreten. Schweren Herzens blickte ich auf die Uhr, es war 11:00 Uhr. Mit den neuesten, amerikanischen Spritzen versuchte man dann am Mittwoch, den 15. Mai, das Kind zur Welt zu bringen. Leider war alles umsonst. Von der Post[4] aus musste ich am Donnerstag wieder in den Dienst treten. Ich konnte aber das nicht mehr ertragen und verlangte unbedingt für Freitag frei. Dieser Tag wurde mir noch gewährt. Ja, am Freitag sollte auch das Experiment mit den amerikanischen Spritzen wiederholt werden. Meine liebe Frau war nun drei Tage schon ohne Essen im Spital, was zur Folge hatte, dass sie sehr schwach war. So bekam nun Hanny am Freitag anstatt Geburtswehen hohen Blutdruck und Fieber. Das Kindlein reagierte so, dass seine Herztöne bis an die oberste Grenze stiegen. Es war ein Sonderfall, es wurde kritisch.

Um 09:55 Uhr, eben am Freitag, erhielt ich ein Telefon aus dem Spital mit folgender Bitte: „Keine Minute versäumen, Sie sollten schon im Spital sein." Auf meine Frage, ob das Kindlein nun doch auf die Welt käme, sagte man mir, nein, aber kommen Sie jetzt schnell. Per Taxi rasten wir in sechs Minuten von Riehen nach Basel. Der diensttuende Chefarzt stellte an mich die Frage: „Herr Kummer, was ist Ihnen lieber, die Frau oder das Kind?" Das traf mich wie ein Blitz aus hellem Himmel. Ich brach in Tränen aus und sagte: „Auf jeden Fall mein liebes Hanny." „Unterzeichnen Sie bitte diesen Operationsschein und nachher warten Sie hier im Korridor", befahl der Arzt. Gesagt, getan.

Wenige Zeit später wurde mir mitgeteilt, dass man meine Frau der hohen Fieber wegen nicht operativ behandeln könne. Was musste man aber tun, wenn das Kind jetzt von selber käme? Das war eine heikle Frage, welche reiflich überlegt wurde. In solchen Fällen lassen

---

4 Der Vater von Ronald arbeitete damals als Briefbote bei den PTT-Betrieben (Post-, Telefon- und Telegraphenbetriebe) in Riehen.

heutzutage viele Mütter ihr Leben. Man bekämpfte nun sofort das Fieber und den Blutdruck, alles mit Spritzen. Das Herz des Kindes war ständig unter Kontrolle von einem zu diesem Zweck geschaffenen Spezialapparat. Jetzt dachten alle, wenn nur das Kind heute nicht auf die Welt kommt. In meiner sehr schweren Sorge um meine Frau telefonierte ich Vater Jordi; er möge doch zu mir kommen ins Spital. Dieser kommt, muss aber sofort wieder heimgehen. Die Sorge um seine Tochter Hanny ließ ihn heulend zusammenbrechen im Spital. Beim Verlassen des Korridors in Begleitung einer Schwester ruft er mir zu: „Heiri, das arme Hanneli war immer meine liebste Tochter."

Der schwarze Freitag ging zur Neige. Es war Abend geworden und man sagte mir, dass meine Frau am Samstag nicht weiter gequält werde. Ich musste nun für den Samstag noch frei verlangen. Die ganze Nacht zuvor hatte ich nicht geschlafen und war zudem seelisch dahin. Man gewährte mir den freien Samstag schnell. Doch in den 24 Stadtfilialen der Post ließ sich kein Ersatzmann für mich finden. Aus Liestal wurde ein Mann geholt, welcher meinen Dienst versehen musste. Die Post hat eben Personalmangel. Der Samstag brachte auch nichts Neues. Um 10:30 Uhr musste ich in die Stadt gehen und für Familie Jordi Kommissionen machen. In einem Warenhaus traf ich als Pöstler eine Frau aus Riehen an. Mit freundlicher Stimme sagte sie zu mir: „Sie, Herr Kummer, wie sehen Sie denn aus! Was haben Sie?" Ich klage ihr mein Leid und verlasse das Geschäft unter Tränen, ohne eingekauft zu haben, und gehe heim.

Wir alle warten geduldig und festen Glaubens den Sonntag, den 19. Mai, ab. Bei Tagesanbruch um 06:00 Uhr früh soll mein Hanny wieder durch Spritzen behandelt werden. Die Fieber sind weg, der Blutdruck normal, das Kindlein ruhig. Ich frage telefonisch um 08:00 Uhr an. Die Hebamme sagt mit freundlicher Stimme: „Heute kommt ihr Kind zur Welt." Ich mache mich auf den Weg ins Spital. Dort angelangt, darf ich zu meinem Hanny gehen und bleiben bis zum Mittagessen. Um 12:00 Uhr gehe ich zur Familie Jordi. Um 14:10 Uhr erhalten wir den Anruf, ich solle ins Spital kommen. Bis 16:15 Uhr darf ich wieder bei Hanny sein. Dann muss ich den Geburtssaal 2 verlassen. Neben mir im Korridor stand eine liebe Schwester.

Sie betreute viel meine Frau und wählte nun sichtlich aufgeregt am Telefon eine Nummer nach der anderen. Jedes Mal sagte sie dann: „Herr Doktor, bitte sofort in Gebärsaal 2."

Ich musste diese Telefoniererei mitanhören und ansehen und wusste, was es geschlagen hatte. Die ersten Ärzte erschienen eilenden Schrittes, während Schwester Trudi überlegt weiter am Apparat Nummern wählte. Es ging um Leben und Tod, wie mir Schwester Trudi sagte. Ich fasste mich und schaute auf die Uhr: 16:35 Uhr. Um 16:50 Uhr kam Schwester Trudi auf mich zu und sagte: „Wissen Sie es schon, Herr Kummer? Dieser, der da schreit, ist Ihr Bub. Ich gratuliere." „Danke. Und Hanny, was macht sie?" „In einer Stunde dürfen Sie zu ihr gehen, sie schläft noch. Aber das Kind dürfen Sie sehen: 9 Pfund und 180 Gramm schwer; 56 Zentimeter lang. Die Zangengeburt[5] war sehr schlimm."

Hanny brauchte nun Erholung und liebe Pflege, was ihr auch zuteil wurde.

Das war also ein schwer verdientes Kind. Wir hoffen, dass es ein rechter, frommer und guter Mensch werde."

Mit diesen hoffnungsvollen Worten endete der Brief von Ronalds Vater. Im Vergleich zur Geburt von Ronald war das Schreiben dieser Kurzgeschichte in keinerlei Hinsicht eine Zangengeburt.

Aus Klein-Ronald wurde übrigens ein frommer Mensch, der bis heute, trotz aller Schwächen und Fehler, immer wieder versucht, durch sein Handeln und sein Verhalten auf der richtigen Bahn zu bleiben. Sein Vater würde es freuen.

---

5 Die Geburtszange ist ein bei Geburtskomplikationen eingesetztes, geburtshilfliches Instrument zum Fassen und Herausziehen des Kindes über die Scheide. Die damit erfolgende Beendigung der Geburt wird Zangengeburt genannt.

Li To

Belauschte Gespräche

Rums – die Wohnungstür krachte hinter Julia zu.

Die Mama war fast außer sich vor Entrüstung hinter der Tür zurückgeblieben.

„Was denkt sich Julia nur?" grummelte sie fast lautlos in sich hinein. Jedes Mal dasselbe Theater – dabei geht es doch um ihre Sachen, die da auf dem Boden liegen.

Sie öffnete noch mal die Zimmertür, nur einen kleinen Spalt – und da lagen sie alle, die Sachen, wie vorhin – unverändert.

Ich kann nur hoffen, dachte sie, dass Julia am Nachmittag, wenn sie aus der Schule kommt, sich der Sachen annimmt und alles aufräumt.

Ist das denn wirklich zu viel erwartet, von einem Mädchen in ihrem Alter?

Kaum hatte die Mama die Tür verschlossen, begannen, für sie nicht mehr hörbar, die auf dem Boden und auch sonst überall verstreuten Sachen miteinander zu reden.
„Hast du das gehört?", fragte der Rock.

„Das war ja wirklich nicht zu überhören", meinte die Schlenkerpuppe BoBo, einst ein gefragtes Souvenir von Julia aus Kroatien.

„Früher, ja früher habe ich noch mit im Bett gelegen, aber heute, man sieht's ja, liege ich auf der Erde und habe nur noch einige Socken unter mir."

„Ja, und du liegst auf uns – meinst du wirklich, das wäre so schön, als Unterlage zu dienen und nicht an Julias Füßen zu sein?", meinten die Socken.

„Eigentlich sollten wir uns wehren", meinte der helle Kapuzenpullover, „dabei war sie doch so stolz, als sie uns kaufte."

„Ja, richtig, sie hat uns sogar vom geschenkten Weihnachtsgeld bezahlt", meinte die olivgrüne Kapuzenjacke, „eigentlich ist das eine Schande, wie sie mit uns umgeht."

Überall im Zimmer lagen Kleidungsstücke, auf dem Schreibtisch ein paar T-Shirts, neben dem Kosmetikschrank ein Paar ausgerollte Socken. Und da liegen sogar die sauberen Sachen, die Julia noch nicht mal weggeräumt hat.

„Also ich weiß ja nicht", meinte eine der schwarzen Kapuzenjacken, wohin das noch führen soll – am Ende nimmt die Mama von Julia doch wirklich noch eine große Tüte und stopft uns alle da hinein."

„Na, das wird ja ein Gedränge werden und eine Leere in dem Kleiderschrank, für den sie sich doch extra entschieden hatte", meinte die Unterwäsche schmollend.

„Können wir denn wirklich nichts dagegen unternehmen?" – so die Turnschuhe, die sich nun einfach auch einmal zu Wort melden wollten.

„Am Morgen wurden wir noch stolz im Beutel zur Schule getragen – danach war alles vorbei. Sie hat uns nach dem Lauf nicht mal gegen die Straßenschuhe gewechselt und wir sollen dann wieder schnell sein, beim nächsten Mal."

„Ich bin ja dafür, dass wir in einen Ausstand – oder wie das heißt – treten", meinte eins der T-Shirts, die über dem Stuhl hingen.

„Und wie soll das erfolgen, mit dem Aufstand?", fragte das Kuschel-Nilpferd, welches gleich neben dem grauen Nashorn auf der Erde lag.

„Wir müssten uns alle einig sein, wenn wir so etwas machen wollten", meinte der kleine Krake, der neben dem Nilpferd lag.

„Ja, da ist was dran", meinten auch die anderen Stofftiere, die noch im Bett verstreut lagen.

„Ich meine, wir sollten uns verbünden und Julia mal zeigen, was es heißt, ohne uns zu sein", meinte der große Wäschebehälter.

„Wir gehen einfach alle ins Exil", sprach der Turnbeutel, der auch in einer Ecke lag.

„Und, wie bitte, soll denn das funktionieren?", fragten die Socken, die noch im Bett lagen, ganz verängstigt.

„Sollten wir mit den Eltern reden?"

„Was, wir, wir alle? Oder sollten wir einen Beauftragten benennen, der das Reden übernimmt? Aber müssen wir nicht selbst erst mal handeln – die Eltern konnten bis jetzt auch nichts ausrichten – also jetzt wir?" Julias Wäschestücke und Kuscheltiere redeten aufgeregt durcheinander.

„Jetzt sind Vorschläge gefragt."

„Könnten wir nicht einfach alle verschwinden?", fragte ein T-Shirt.

„Wohin denn verschwinden?" Julias Kuscheltiere und Wäschestücke redeten aufgeregt durcheinander.

„Na zum Beispiel, alle in den großen Wäschesack und dann raus aus dem Zimmer."

„Huch, ich fürchte mich aber, so eingesperrt zu sein und nicht zu wissen, was und wie weiter."

„Wie viele von uns passen denn in deinen großen Leerraum?"

„Ich denke, eine ganze Menge", meinte der Wäschesack, „in mir hatte ich schon mal das ganze Bettzeug Platz, dicke Decken und so.

Und da kam es von allen Seiten:

„Und die Schuhe – wo sollen die Schuhe hin?"

„Auf eigene Faust erst mal?"

„Wollen wir die Schulsachen auch mitnehmen oder sollen die hier bleiben?"

„Darüber müssen wir noch reden – ich meine, fürs Erste reicht das so mit den Kleidungsstücken und den Kuscheltieren", so der Wäschesack.

„Und wer soll uns aufnehmen und vertreten?", fragte BoBo verunsichert.

„Ich bin für den Wäschesack, der ist groß und den kann man nicht übersehen."

„Bist du einverstanden – Wäschesack?"

„OK, ich mache das. Ihr müsst nur sagen, wann es losgehen soll", meinte der Sack.

Der Nachmittag kam und mit ihm auch Julia. Die machte aber nicht die geringsten Anstalten, sich um die Sachen, die auf dem Fußboden in ihrem Zimmer verstreut lagen, zu kümmern.

Und am Abend dann, als Julia beim Essen war, da geschah es: Das Signal kam von den Kuscheltieren. Die auf dem Boden liegenden Kleidungsstücke und die Kuscheltiere versammelten sich um den Wäschesack und schlüpften und hüpften einer nach dem anderen hinein. Sogar die Socken, die im Bett verstreut lagen, machten sich auf den Weg in den Sack.

Am Ende waren der Fußboden und alle anderen bisherigen Liege- und Hängeplätze komplett frei von allen Sachen und Kuscheltieren!

Schwer hüpfend – mehr schleppend – machte sich der Wäschesack auf den Weg zur Zimmertür und hüpfte im passenden Moment hindurch in den Flur. Dort, neben der Garderobe, blieb er stehen.

Ein drolliger Anblick – ein Schränkchen für Kleiderbürsten, Schuhe und Latschen – und daneben der Wäschesack aus Julias Zimmer, der noch pustete vor überstandener Anstrengung. Er schien aber irgendwie belustigt von dem Gedanken an den beräumten Fußboden in Julias Zimmer zu sein und es schien, als kniff er ein Auge zu, als er daran dachte.

Als Julia vom Abendbrot zurückkehrte, war alles ruhig im Zimmer, nichts erinnerte mehr an die verstreuten Sachen, nichts an die Kuscheltiere auf dem Boden, aber Julia hatte auch kein Auge dafür.

Viel mehr Spaß machte es ihr, sich Videos oder Hörspiele von großartigen gespenstischen Geschichten anzusehen oder anzuhören – das waren Sachen, die in der Welt der Fantasie geschahen – also nicht hier in ihrer Wirklichkeit – da brauchte man sich nicht zu fürchten, die fanden hier nie statt. Und deswegen machte es Julia Spaß, ihnen zuzuhören oder zuzusehen.

Nur in der realen Welt fürchtete sich Julia jeden Abend und jede Nacht vor den Bettmonstern, die unter dem Bett lauern würden, um an den Beinen oder Armen zu ziehen und den daran hängenden Menschen unter ihr Bett zu zerren.

Ja, das war etwas Reales! Davor hatte sie Angst und ließ sogar nachts eine kleine Lampe an.

Oder, womit sie sich noch sehr gern beschäftigte, war Songs anhören, bei denen sie mitsingen konnte. Nun ja, sie wusste schon, dass ihr Gesang nicht bühnenreif war, aber es machte ihr Spaß, mitzusingen, auch wenn die Melodien manchmal schief klangen.

Pah, immer wieder musste sie sich anhören, dass ihr Zimmer wenig einladend aussah, mit den verstreuten Kleidungsstücken auf dem Boden. Sie sagte zu sich, wie sie es gehört hatte: „Wer Ordnung liebt, ist nur zu faul zum Suchen!"

Aber eigentlich wusste sie, ein bisschen bequem war sie doch auch, oder? Wäre es nicht besser, alles an seinen Platz zu legen – oder zumindest einiges – um den ewigen Stress mit den Eltern loszuwerden?

Vielleicht sollte ich mal darüber nachdenken, denn man findet ja manches vielleicht auch schneller und besser, wenn man weiß, wo man es hingelegt hat. Aber das hieße ja wieder, dass man das machte, was die Erwachsenen wollen – und das widerstrebte ihr.

Sie erinnerte sich daran, dass sie mal ihre Geldbörse gesucht hatte und nachdem sie alle Plätze, an denen man so etwas ablegen könnte, ohne Erfolg abgesucht hatte, kam sie ganz geknickt auf die Terrasse und teilte ihren Eltern die Ergebnislosigkeit ihrer Suche mit.

Ihr Papa bot an, in ihrem Zimmer zu suchen, und kam nach drei Minuten wieder – mit dem Portemonnaie. Und wo hatte er es gefunden: unter dem Kopfkissen! „Natürlich der richtige Platz zur Aufbewahrung – nur merken sollte man sich die Stelle dann schon", meinte er schmunzelnd.

Da fiel Julia ihre Schwester ein, die schon eine eigene Wohnung bewohnte. Erst hatte sie sich gefreut, als ihre Freundin sie besuchte, aber als nichts mehr auf seinem Platz lag, wo sie es hingelegt hatte, da erkannte sie schnell den Verursacher. Und nach drei Tagen war sie sehr froh, als die Freundin wieder nach Hause fuhr. Da fand alles wieder seinen angestammten Platz in ihrem kleinen Zuhause und es war alles wieder gut. Denn alles hatte seinen Platz, auch in ihrer Wohnung.

Und wie sie das so dachte, bemerkte Julia plötzlich die Leere um sich herum, auf dem Fußboden.

Ja, wo waren die ganzen Sachen hin, die hier sonst immer lagen? Was war passiert?
War das Bettmonster aufgetaucht und hatte alle mitgenommen, um Julia Angst zu machen? Nein, das kommt nur nachts und überhaupt – es nimmt ja nichts mit, es will nur Kinder in der Nacht verängstigen. Was war passiert und vor allem, was sollte sie nun morgen anziehen? Aber, waren denn das überhaupt die Sachen für morgen, die da auf der Erde gelegen hatten, oder waren es welche für die Waschmaschine oder gar zum Aushängen – ja, und wo waren die Kuscheltiere, die nicht mehr Platz in ihrem Bett gefunden hatten und deshalb hier außerhalb des Bettes auf ihre Chance warteten? Wo war ihr geliebter BoBo, den sie aus Kroatien mitgebracht hatte, und wo ihr geliebtes Nilpferd, ihre ganzen Socken und die Klamotten, die sie sich vom Weihnachtsgeld gekauft hatte? Und wie sah es überhaupt in ihrem Zimmer aus? Der ganze Fußboden war leergefegt! Sie erschauderte: MAMA? MAMA? M A M A !

Sie stürzte aus dem Zimmer, vorbei an Garderobe, Taschen, Schuhen, Wäschesack – hinein ins Wohnzimmer, wo ihre Eltern gerade miteinander im Gespräch über den Tag vertieft waren.

Da hinein platzte sie mit ihrer plötzlichen Frage, wer denn wohl die Sachen hatte verschwinden lassen, aus ihrem Zimmer. Erstaunte

Gesichter, sich fragend anblickende Eltern und mittendrin Julia, die sich fürchterlich aufregte.

Die Eltern zuckten die Achseln, keiner von ihnen wollte etwas vom Verschwinden ihrer Kleidung aus ihrem Zimmer wissen oder damit zu tun haben. „Nun sag doch erst mal, worum es denn eigentlich geht", meinten die Eltern.

Julia versuchte es zu erklären und die Mama dachte an ihre Hoffnung vom Morgen, nachdem sie das Zimmer noch einmal durch den Türspalt gesehen hatte.

Mehr wusste sie aber davon nichts und Papa war zum Zeitpunkt ihrer Hoffnung am Morgen schon nicht mehr zu Hause gewesen und am Abend ist er gerade erst gekommen. Auch er konnte es nicht gewesen sein.

„Aber Julia", meinten die Eltern, „dein Zimmer ist doch dein Zimmer – warum sollten wir denn darin etwas auf- oder wegräumen? Meinst du nicht auch, dass wir mit der sonstigen Wohnung schon genug „Revier" für unsere Säuberungsaktionen haben?

Meinst du wirklich, dass wir uns freiwillig in deinem Zimmer ans Aufräumen machen würden?"

Das schien auch Julia einleuchtend – aber wo waren denn ihre Sachen?

Sie fragte sich erneut, wo war BoBo, das Nashorn, das Nilpferd und der kleine Krake und erst die Kleidungsstücke, die sie nicht mal benennen konnte, die da alle gelegen hatten?

Was machte sie nun, wenn die alle für immer weg waren? Konnte sie ohne diese Sachen, an denen so viel Erinnerungen hingen, eigentlich weiterleben? Wollte sie so weiterleben – ohne die großartigen Erinnerungen?

Nachdem die Sachen gefunden waren, saß der Schock noch tief in ihren Knochen und Julia bat um Hilfe für ihr Zimmer.

Die Eltern überlegten und meinten nach einer Denkpause, eine für alle Seiten annehmbare Lösung gefunden zu haben:

Die Stofftiere, die immer wieder aus dem Bett fielen, erhielten eine Sonderbehandlung, indem sie eine Art Wartestation einrichteten, bis Julia die Kuscheltiere im Bett wieder einmal austauschen wollte. Damit hatte jeder der ausgewählten Tiere mal die Chance auf einen kuschelig-warmen Bettplatz, neben Julia in der Nacht.

Und die Kleidungsstücke vom Boden, ja, die erhielten auch eine Sonderbehandlung:

Mama und Papa erklärten das Zimmer von Julia zu einem begehbaren Schrank, in dem Julia, damit nicht alles verstreut liegt, die Aufgabe hat, 2 x in der Woche jeweils am Mittwoch und am Sonntag alles an seinen Platz zu legen. Denn natürlich musste man auch in einem solchen Schrank mal den Staub zusammenfegen und die Fußstapfen wegwischen. Blieb noch die Frage offen, was Julia mit ihrer Kleidung macht, die durch den Regen etwas feucht geworden ist – aber das überlassen wir lieber der Familie.

Diese Lösung gefiel auch den Ausreißern, denn sie sind bisher nicht erneut ins Exil gegangen.

Und ... welche Lösung ist euch eingefallen?

Matthias Ulrich

Kurzgeschichten

Auf trüben Spiegeln

Kein Zweifel – es war Nacht. Ich lag auf meinem Rücken unter einer schweren Decke. Ich öffnete und schloss meine Augenlider. Ich konnte meinen Kopf anheben. Da stand eine weißlich gekleidete Figur mit ihrem Rücken zu mir draußen vor der offenen Hecktür. Ich wollte versuchen, auch meine Gliedmaßen zu bewegen; doch ich hatte Angst, dass der Wachtposten das bemerken und mich einsperren würde. Ich hatte Sorge, dass ich meine Gliedmaßen nicht bewegen könnte. Ich ließ meinen Kopf zurück auf das Kissen sinken. Was hatten die blitzenden Lichter zu bedeuten? Und all jene Geräusche und Stimmen?

Der Wachtposten draußen vor der Hecktür hatte seine Hände hinten auf seinem Rücken gefaltet. Ich richtete mich auf und blickte an ihm vorbei auf die Straße. Rote und blaue und gelbe Lichter blinkten. Die Straße war nass und war wie ein trüber Spiegel.

Ich stand neben der weißgekleideten Figur, und ich sagte: „Herr, … ich bin in Ordnung." Er bemerkte mich nicht, und ich gab es auf, nach einer Ausrede zu suchen, um von dem Transporter des Mannes wegzukommen. Meine Beine funktionierten, obwohl meine Knie zitterten. Ich schüttelte meinen Körper und meine Gliedmaßen. Ich fühlte keine Schmerzen – überhaupt keine. „Mir geht's gut", sagte ich und taumelte über den trüben Spiegel hinüber zu den blinkenden Lichtern, den Geräuschen und den Stimmen.

Vor mir gab es ein Zischen und Brennen, eine heftig pustende Flamme. Und da war eine hockende Gestalt, die trug eine schwarze

Bedeckung über ihrem Kopf. Und da lagen überall dünne Metallstücke verstreut herum. Einige davon schienen die Farbe unseres Autos zu haben. Und da war eine Hand an meinem Handgelenk und eine Stimme, die sagte: „Wissen Sie, ... meine Frau ..." Ich beobachtete die schwarze Maske, wie sie sich kaum bewegte und wie die langärmeligen Lederhandschuhe die zischende, blasende Flamme entlang der Tür zogen. Sie hatte beinahe die Farbe unseres Wagens. Doch dieses Auto war eingedellt – und kürzer.

Ich guckte auf den Arm, der mein Handgelenk festhielt. Diese Person trug ebenfalls einen weißlichen Kittel. „Meine Frau ... wissen Sie ...?" sagte die Stimme. Der Rauch von brennendem Spritzlack und schmelzendem Metall stach in meiner Nase.

Ein weißes Transportauto hielt hinter mir mit kreischenden Bremsen an. Die Sirene heulte und zwei weiße Personen schoben eine Trage mit einem Körper darauf in den Transporter. Der Körper war mit einem dünnen weißen Tuch bedeckt. Türen schlugen, und eine Stimme rief, „Ins Krankenhaus?" und die Stimme neben mir rief, „Nein!" und fügte hinzu, „Nicht ins Krankenhaus." Der Schweißbrenner vor mir zischte und blies, Blau und Weiß, mit einer Spur von Rot. Schnitt sich ihren Weg. Der Transporter hinter mir schaltete die Sirene und die blaue Leuchte auf seinem Dach ab, und er fuhr langsam davon.

Da war ein Loch in der Tür, und in dem Loch war ein roter Faltenrock. Und es war unser Auto. Und es war ihr roter Faltenrock ... Doch dieser Wagen war viel kürzer als unserer ... Meine Beine schlotterten und sackten ein ...

Sie lag auf einer Trage, unter einer wollenen Decke, auf dem trüben Spiegel. Ihr Gesicht war nicht zugedeckt. Sie schlief. Ihre Beine sahen anders aus unter der Decke. Sie sahen dünner aus und als wenn sie eine ungewohnte Stellung hätten. Zwei weiße Schultern stützten mich.

Der weiße Kittel zu meiner Linken sagte, „Wissen Sie … meine Frau … sie hatte einen Unfall … ich bin der Arzt …" Der weiße Kittel auf meiner rechten Seite hielt eine kleine flache Flasche vor mein Gesicht und sagte, „Nehmen Sie was hiervon." Und ich musste meinen Kopf zur Seite neigen, um ihr friedliches Gesicht sehen zu können. Ihre Beine waren nicht da … nein, sie hatte keine Beine mehr. Doch sie schlief und würde keine Schmerzen fühlen. Ich sah hinunter auf den Boden. Meine Beine hingen herunter, und sie waren komisch gekrümmt. Ich ergriff die Hand mit der Flasche und ließ mir etwas Whisky über meinen geöffneten Mund schütten. Da oben in der Nacht war eine goldene Sichel, und ich rülpste und hustete und fühlte, wie der Whisky sich seinen Weg meine Kehle hinunterbrannte und schnell meinen Bauch aufwärmte. Ein Papiertaschentuch wischte über meinen Mund, mein Kinn und meinen Hals. Ich wollte, dass sie schläft, bis ihre Stümpfe verheilt wären. Ich fragte mich, ob der Doktor eine Frau ohne Beine hatte.

Da war einer, der hielt einen Schweißschutzhelm und einen Schweißbrenner in seinen Händen, und da waren Leute, die alle die gleichen weißlichen Kittel trugen, und einer von denen war ein Arzt, der eine Frau hatte.

„Ich war sechsundzwanzig", sagte der Doktor. „Doch wir waren schon eine lange Zeit verheiratet."

„Hat sie wohl irgendwelche Schmerzen?" fragte ich, und die Umklammerung meines Handgelenks lockerte sich.

„Kommen Sie. Lassen Sie uns gehen", flüsterte der Arzt.

„Nein, warten Sie!"

Zwei Kittel hoben die Trage hoch, eilten zu dem Transportwagen, zogen meine Trage heraus, schoben sie hinein und schlossen die Hecktür. „Zum Krankenhaus?" rief eine Stimme. Aber keiner antwortete darauf. Und dann fuhr der Transporter heulend von dannen. Mit ihr da drin. Schlafend. Ohne Beine. Meine Augen folgten dem blauen Blinklicht, so lange sie konnten. „Drehen Sie mich herum!" verlangte ich. Doch das blaue Licht war verschwunden, und die Sirene verstummte plötzlich in der Ferne.

Dampf stieg vom nassen Asphalt auf, und meine Stiefel fanden Halt auf dem Boden. Die Nacht war fast vorüber. Die Morgendämmerung würde den Belag mehr und mehr zum Schwitzen bringen, und in einer Stunde würde er mit einem Oberbett aus Milch bedeckt sein, und noch eine Stunde später würde es morgen sein.

„Kommen Sie ... für uns gibt es hier nichts zu tun." Ich zog mein Handgelenk aus dem Griff des Doktors und rannte fort in die dampfende Nacht ... Und ich wünschte, ich hätte keine Beine. Aber ich konnte mir nicht vorstellen, dass ich ohne Beine am Leben bleiben könnte. Ich rannte weiter, bis der trübe Spiegel sich aufgelöst hatte und zum Nebel von morgen wurde.

On Clouded Mirrors *(Englisches Original)*

No doubt – it was night. I was lying on my back underneath a heavy blanket. I opened and closed my eye-lids. I could lift my head. There was a whitishly dressed shape standing with its back towards me outside the open rear gate. I wanted to try and move my limbs, too; but I was afraid that the guard would notice it and lock me in. I was afraid, I wouldn't be able to move my limbs. I let my head drop back onto the pillow. What did the flashing lights mean? And all those noises and voices?

The guard outside the rear gate had his hands folded behind his back. And I was sitting up, staring past him out onto the road. Red and blue and yellow lights were flashing. The road was wet, and was like a clouded mirror.

I was standing beside the white-coated shape, and I said, „I'm right, ... Sir." He didn't notice me, and I stopped searching for an excuse to leave the man's van. My legs were working, although my knees were quivering. I shook my body and my limbs. I couldn't feel any pain – anywhere. „I'm right," I said and staggered across the clouded mirror towards the flashing lights, the noises and the voices.

There was hissing and burning ahead of me, a flame blowing fiercely. And there was a shape, crouching, with a black cover over its head. And there were sheets of thin metal scattered around. Some seemed to have the colour of our car. And there was a hand around my wrist, and a voice that said, „You know, ... my wife ..." I watched the black mask, how it hardly moved, and how the long-sleeved leather gloves pulled the hissing, blowing flame across the door. It had almost the colour of our car. But this car was dented – and shorter.

I looked at the arm that held on tight to my wrist. This person wore a whitish coat, as well. „My wife ... you know ...?" the voice said. The fumes of burning spray-paint and melting metal stung in my nose.

A white van stopped behind me with screeching breaks. The siren was blaring, and two white persons pushed a stretcher with a body into the van. The body was covered with a thin white sheet. Doors were slammed, and a voice shouted, „To the hospital?" And the voice beside me shouted, „No!" and added, „Not to hospital." The torch in front of me was hissing and blowing, blue and white, with a tiny streak of red. Cutting its way. The van behind me turned off the siren and the blue bulb on its roof, and it drove away slowly.

There was a hole in the door, and there was a red pleated skirt in the hole. And it was our car. And it was her red pleated skirt ... But this car was much shorter than ours ... My legs trembled and vanished ...

She was lying on a stretcher, under a woollen blanket, on the clouded mirror. Her face wasn't covered. She was asleep. Her legs looked different under the blanket. They looked thinner and as if they rested in an unusual position. Two white shoulders supported me.

The white coat on my left said, „You know ... my wife ... she was in an accident ... I am the doctor ..." The white coat under my right arm held a small flat bottle in front of my face and said, „Have some of this." And I had to bend my head to the side to see her peaceful face. Her legs weren't there ... no, she didn't have any legs anymore. But she was asleep and wouldn't feel any pain. I looked onto the ground. My legs were hanging down, and they were bent in a funny way. I grabbed the hand with the bottle and had it pour some whisky over my open mouth. Up there in the night was a golden sickle, and I gulped and coughed and felt the whisky burning its path down my throat and quickly warming up my guts. A tissue wiped over my mouth, my chin and my throat. I wanted her to sleep until her stumps had healed. I wondered if the doctor had a wife without legs.

There was someone who held a welder's helmet and a torch in his hands, and there were people who all wore the same whitish coats, and one of them was a doctor, who had a wife.

„I was twenty-six", the doctor said. „But we were married for a long time."

„Does she feel any pain?" I asked, and the grip on my wrist loosened.

„Come on. We're going", the doctor whispered.

„No, wait!"

Two coats picked up the stretcher, rushed to the van, pulled my stretcher out, shifted her inside and closed the rear gate. „To hospital?" a voice shouted. But no one replied. And then, the van howled off. With her inside. Asleep. Without legs. My eyes followed the blue flash as long as they could. „Turn me around!" I demanded. But the blue light had disappeared, and the siren suddenly stopped in the distance.

Steam rose from the wet bitumen and my boots got hold of the ground. The night was almost over. Dawn would make the surface sweat more and more, and in an hour's time it would be blanketed with a quilt of milk, and another hour later it would be tomorrow.

„Come on … there's nothing we can do here." I pulled my wrist out of the doctor's grip and ran away into the steaming night … And I wished I had no legs. But I couldn't imagine being alive with no legs. I kept running until the clouded mirror had dissolved and became tomorrow's mist.

MEINE FREUNDIN

Seit etwa drei Wochen habe ich einen bescheidenen und unscheinbaren Gast in meiner Wohnung – eine Stubenfliege [*].

Nun gut, Stubenfliegen gibt es wie Sand am Meer, und jeder Mensch hat andauernd irgendwelche Fliegen im Haus und in seiner Stube und haut sie am liebsten, wenn er sie denn erwischt, zum Beispiel mit einem Küchenhandtuch oder mit der bloßen Hand, tot – weil die einem nämlich derbe auf die Nerven gehen; so empfinden wir das zumindest mit den *blöden* Fliegen und allen anderen herumschwirrenden und sogar auch piksenden Viechern.

Wenn ich neuerdings zu Hause in meiner Wohnung bin, begleitet mich eine Fliege bei meinen Gängen von einem Zimmer zum anderen auf Schritt und Tritt, wie ein lammfrommes Hündchen – halt nur in der Luft.

Das ist tatsächlich wahr. Kaum bin ich am frühen Abend von der Arbeit zurück, trete in meine Wohnung ein und entledige mich meiner Klamotten und hänge sie auf und stelle sie ab, surrt diese Fliege mir an der Garderobe und danach in der Küche und danach im Badezimmer und danach im Schlafzimmer und danach im Wohnzimmer um die Ohren – aber immer in einem dezent *hochanständig, luftigen* Abstand. Sie ist keine lästige Fliege, beileibe nicht! Sie ist einfach immer nur in meiner Nähe. Egal, wohin ich mich begebe, ob Flur, Küche, Schlafzimmer, Badezimmer, Wohnzimmer, sie weicht nicht von meiner Seite – *meine Fliege*.

Wenn ich mich zum endgültigen Feierabend für eine Weile an meinem Laptop in meinem Wohnzimmer niederlasse, um meine E-Mails und WhatsApp-Benachrichtigungen abzufragen oder selbst etwas zu schreiben, dann krabbelt sie nebendran auf meinem Tisch neben der Maus, auf der Tastatur oder auf dem Bildschirm herum, solange, bis ich aufstehe und woanders hingehe, … vielleicht ins Bad zum Rasieren oder Zähneputzen – und dann sitzt sie auf dem Spiegel (guckt sie mir etwa sogar zu?) oder an den Wandfliesen, bis ich mit meiner Körperpflege zum Abschluss gekommen bin, das Badezimmerlicht ausknipse und wieder einer weiteren Tätigkeit in einem anderen Wohnbereich nachgehe.

Egal, wo ich mich in meiner Wohnung herumtreibe, die Fliege, *meine kleine Freundin* – so muss ich sie inzwischen wirklich bezeichnen – hält sich stets in meiner unmittelbaren Nähe, doch dabei stets in *gepflegter* Distanz, auf.

Mir kommt das so ungewöhnlich und merkwürdig und verblüffend – und gleichzeitig wahnsinnig wunderschön – vor!

Ich habe das Gefühl, einige Insekten, und das sind ja Fliegen nun einmal, suchen Freundschaft mit *anderen Welten*, also zum Beispiel mit der der Menschen … (Während ich dieses schreibe, ist *meine Freundin* tatsächlich um mich herum und krabbelt sogar ab und zu über meine Hände.)

Es kann sein, dass meine kleine Freundin nicht mehr lange zu leben hat und ihr der Elan nach und nach entschwindet und sie sich deshalb aus Schwäche und Not mit Vorliebe dort aufhält, wo es noch ein wenig Feuchtigkeit, auch in Form von Menschenschweiß, zu naschen gibt, und da käme ich ja dann gerade recht, wobei die kleine graue Dame wirklich nicht an mir *klebt*, sondern, wie aus Anstand und Höflichkeit, meistens einen kleinen, gebührlichen Abstand zu mir einhält – als wenn sie *wohlerzogen* wäre und *aus gutem Hause* käme.

Woher kann die Kleine das alles, woher kennt sie solche vornehm anmutenden Manieren (… in diesem Moment klettert sie außen an meinem Glas, das fast bis obenhin mit Rotwein gefüllt ist, herum und nippt am Rand daran) und ist sensibel wie ich – ein Mensch?! …

Und übrigens ist sie nicht nur grau, sie schillert wie ein schwarzer Diamant und putzt sich mit ihren zerbrechlichen Vorderfüßchen und Händchen und den anderen Beinchen ihr Gesicht und, nachdem sie ihre durchsichtigen Flügelchen hochgestellt hat, ihren Körper und auch ihren Popo. Putzig – und so unfassbar schön anzuschauen!

… Da gibt es eine abgrundtiefe, unsagbare und unbesiegbare Liebe zwischen allen Dingen und Wesen. Dreck, Staub, Sand, Steine, Pflanzen, Tiere, Menschen … das Meer, der Himmel … einfach ALLES … sind am Ende ein und dasselbe – und das alles ist quicklebendig und fühlt füreinander, erst einmal für sich alleine, aber versteht sich im tiefsten Selbst gegenseitig und mit allem, was ist! Und daher kommt *die große Liebe* – und auch die zwischen meiner kleinen Freundin und mir, … die gerade schon wieder meine Hand kitzelt.

Aber einen Namen gebe ich ihr, meiner lieb gewonnenen kleinen grauen Freundin, nicht, obwohl ich kurz davorstand, sie quasi zu einer *Person* zu machen. Namenlos ist sie freier. – Aber ganz heimlich für mich innen drin nenne ich sie doch: *Mäuschen* oder *Süße* ... Doch das ist nicht ihr Name, nur mein kleines, zartes Gefühl für sie.

Ich glaube, mein Mäuschen stirbt bald, ... so zutraulich, wie es mittlerweile geworden ist. Ich sehe es jetzt allerdings seltener um mich herum – – – und ich warte sehnlich darauf, dass es sich wieder hier bei mir einfindet – auf meinem Arm, meiner Hand, meinem Bildschirm, ... egal, Hauptsache, sie ist da.

Ich bin soeben wieder einmal von meiner Arbeit nach Hause gekommen und ... meine Freundin ist nicht mehr, sonst wäre sie ganz schnell nahe bei mir, ganz sicher wäre sie das – wenn sie könnte ... und noch lebte.

[* WIKIPEDIA zum Begriff *STUBENFLIEGE*: „... Ihre Verbreitung ist meist mit dem Menschen assoziiert, da in dessen Nähe das größte Nahrungsangebot vorherrscht. ..."]

Mittermair Maximilian

Geschichten von der Front – Tagebucheintrag

„Schnell!" sagte mein Freund und wir rannten. Wir rannten den Hügel hinunter, wir hörten unsere Feinde, wie sie den Hügel, auf der anderen Seite, erklommen. Die Späher vom Feind sahen uns, als wir zum Lager flohen.

Mein Freund stürzte und rollte den Hügel hinunter! Unsere Feinde erreichten die Hügelkuppe und just in dem Moment, als mein Freund stürzte, eröffnete der Feind das Feuer auf uns! Die Kugeln flogen und ich rannte! Rannte um mein Leben!

Ich blickte in den Himmel und schwor mir, sollte ich diesen gottverdammten Krieg überleben, will ich jeden Sonntag in die Kirche gehen.

Mein Freund war am Fuß des Hügels angekommen und rannte in den Wald, aber der Wald lag nicht auf dem Weg zum Lager unserer Kameraden. Trotzdem rannte ich ihm nach, passierte die ersten beiden Bäume und eine Kugel traf mich in der Hand!

Durch den Schock stürzte ich und fiel in Matsch, Holz, Blätter und einen Ameisenhaufen! Sie pissten mich an und es brannte wie Hölle! Ich sprang auf und rannte weiter, rannte weg vor den Ameisen und dem Feind! Ich konnte meinen Freund nicht sehen, also rannte ich Richtung Lager meiner Kompanie.

Kurz nach meinem Richtungswechsel hörte ich ein Grollen! Doch es war nicht das Grollen eines Donners, denn der Himmel war klar, die Sonne schien! Es waren die Kanonen unserer Feinde, die das Feuer auf uns eröffneten.

Und erneut rannte ich um mein Leben, auf diesem gottverlassenen Stück Land, in diesem verkackten Krieg …

Geschichten von der Front – Der kalte Norden

„Mist!" fluchte ein Junge, welcher sich den Zeh, am Eis, gestoßen hatte! Es war ein Tag mit kaltem Wind, der Schnee fiel vom Himmel und bedeckte das karge Land.

Der Junge erklomm eine Leiter und verließ den Schützengraben. Er stand auf dem blutigen Schnee und blickte auf die feindliche Linie, unter dem Waldrand. Im Wald befanden sich Artilleriegeschütze, das wusste der Junge seit dem letzten Angriff. Nun warteten sie darauf, dass der Feind erneut einen Versuch unternahm, ihre Stellung einzunehmen!

Nun marschierten Soldaten vor den feindlichen Stellungen auf! Im Rhythmus der Trommeln stellten sie sich hinter die Kavalleriesperre und blickten auf ihn und die Stellung seiner Armee.

Die Soldaten, in blauen Waffenröcken, standen still und warteten auf ihre Befehle. Nun ritt ein Soldat aus den feindlichen Truppen hervor, er trug ebenfalls einen blauen Waffenrock und einen dicken, blauen Umhang. Er brüllte: „WOLLT IHR EUCH ERGEBEN? ES IST EURE LETZTE CHANCE!"

Der Junge riss seinen Arm in den Himmel und ließ ihn fallen. Seine Armee schoss auf ihren Feind und der Junge sprang zurück in den Schützengraben! Die Soldaten des Feindes rannten los, als der Junge zurücksprang! Nun schnappte er sich Pfeil und Bogen und schoss mit seinen Soldaten auf den Feind. Die Männer in Blau rannten mit ihren Schilden über ihren Köpfen nach vorn und versuchten, sich vor den Pfeilen und Steinen zu schützen, die die Armee des Jungen auf sie abschoss. Das klappte nicht immer, Leichen fielen über Leichen und erneut kam der Tod ins Land geflogen.

Die Katapulte und Ballisten verschossen Pfeile und Steine, Soldaten, die getroffen wurden, starben auf der Stelle oder schrien in ihrem Todeskampf. Neben dem Jungen trat einer seiner Krieger auf die Leiter und blickte auf das Feld hinaus. Seine Augen wurden groß und er brüllte: „BALLISTEN!" Er sprang zurück in den Graben und unter die kleine Höhle, die die Soldaten ausgegraben hatten. In diesem Tunnel waren die Soldaten sicher vor Bolzen und Pfeilen, da die Erde im Winter so gefror, dass sie weder von Schaufeln noch von irgendetwas anderem durchdrungen werden konnte!

Die Ballistenpfeile trafen im Schützengraben ein und ein Wikinger sprang in den Tunnel, mit diesem Sprung rettete er vermutlich sein Leben! Der Krieger hinter ihm wurde von einem Bolzen getroffen und sein Körper explodierte unter dem hohen Druck des Geschosses! Das Blut des Kriegers flog ins Gesicht des Jungen und seine Haut, mit dunklem Teint, wurde rot.

Ein weiterer Krieger rannte an ihm vorbei und immer noch trafen die Ballistenpfeile im Schützengraben seiner Armee ein! Der Krieger sah einen Bolzen auf sich zukommen und duckte sich hinter seinen Schild, doch das brachte ihm nichts. Der Bolzen zerstörte den Schild und zerfetzte den Körper des Mannes!

Plötzlich stoppte das Feuer und ein Wikinger schaute aus dem Graben heraus. Sofort stürzte er zurück und in seinem Gesicht steckte ein Armbrustbolzen! Nun blickte der Junge über den Rand des Grabens und hielt seinen Schild vor sein Gesicht. Er sah, wie die feindlichen Truppen am Stacheldraht stoppten und versuchten, den Draht zu zerschneiden.

„FEUER! MÄHT SIE NIEDER!", brüllte der Junge und seine Soldaten eröffneten erneut das Feuer auf die feindlichen Soldaten in Blau!

Geschichten von der Front – Viel Schlamm und Tod

„Im Krieg siehst du den Tod jeden Tag und trotzdem bereitet er dir schlaflose Nächte!", sagte ein Junge. Er stand auf einem Hügel und schaute in ein Tal. Früher floss durch das Tal ein beschauliches Flüsschen und die grünen Felder mit den Blumenwiesen machten das Tal zu einem malerischen Ort.

Doch nun war das Tal voller Matsch, Dreck und Erde! Von dem schönen Grün und den Blümchen war nichts mehr zu sehen. Stattdessen konnte man nun lauter Leichen, Schwerter, Pferde, Lanzen, Steine und weitere Waffen in dem Tal finden.

Die Sonne schaute zwischen den Regenwolken hervor, welche noch kurz zuvor die Schlacht in eine Schlammschlacht verwandelt hatten. Das kleine Flüsschen war nun nicht mehr schön klar, sondern mit Schlamm und Blut verdreckt. Es schlängelte sich durch Matsch, Leichen und Waffen zur anderen Seite des Tals. Dort standen hölzerne Skelette von Katapulten und Ballisten und Leichen der feindlichen Armee. Ihre Banner waren zerfetzt und ihre Kriegsmaschinen verbrannt, die Brandbomben hatten gute Arbeit geleistet!

Die Leichen im Tal lagen übereinander, kreuz und quer, so mancher war eingequetscht, ein anderer hatte keinen Kopf mehr und ein wieder anderer kämpfte da unten vielleicht noch um sein Leben, doch keiner fand ihn zwischen all den Leichen voller Schlamm!

„Das war zäh!", sagte nun ein Mädchen, welches neben dem Jungen auftauchte. Der Junge nickte zustimmend und meinte nur: „Sie waren hartnäckiger, als ich dachte!"

„So viele Soldaten, Väter, Mütter, Söhne und Töchter. Sie alle sind tot und wofür? Für etwas Land? Für die Sicherheit ihrer Heimat? So viele tausend Kilometer entfernt von ihrem Heimatland?", sagte nun ein weiterer Junge, welcher neben dem Duo auftauchte.

Kurz zuvor hatten sich alle drei noch in diesem Tal befunden und für ihre Heimat gemordet! Ihre Waffenröcke waren von Schlamm, Blut und anderem Dreck bedeckt und ihre Gesichter in Schweiß getränkt. Das Metall ihrer Waffen war von Blut getränkt und ruhte in den Händen der jungen Erwachsenen.

Die Menschen im Tal hatten alle eine Familie und nun fehlte diesen Familien ein Teil. Manch einer würde behaupten, den Menschen ginge es, dort wo sie sich jetzt befanden, besser und sie müssten nicht mehr leiden! Doch sie mussten alle Schreckliches mit ansehen und Unmenschliches erleben, um an diesen Ort zu kommen.

„Wir haben gewonnen! Das ist alles, was zählt!", sagte das Mädchen, doch der größere der Jungen schüttelte den Kopf und meinte: „Nein, wir hätten vieles besser machen können, es hätten nicht so viele sterben müssen! Wir hätten viele von ihnen retten können! Wir waren dumm und haben nicht aufgepasst!" „Es war nicht die letzte Schlacht in diesem Krieg! Wir haben noch mehr Chancen, es besser zu machen!", sagte nun wieder der zweite Junge und klopfte seinem Freund auf die Schulter. Dieser nickte ihm dankend zu und blickte wieder in das Tal hinab.

Der Junge schob seinen Zweihänder zurück in die Scheide und zog den Helm ab. Er hatte unzählige Dellen, Blut und Dreck. Erneut hatte der größte der Jungen seine Seele belastet. Die Schlacht war zwar unvermeidbar, doch sie hatten übersehen, dass der Feind sie umgangen hatte und ihnen beinahe in den Rücken gefallen wäre. Nur durch seinen guten Freund und die unzähligen Soldaten, die sich dem Feind entgegenwarfen, konnte der Junge jetzt hier stehen und bedauern, dass er nicht aufmerksamer gewesen war. Er hätte wissen müssen, dass hinter den Hügeln dieses Tals noch mehr von den feindlichen Soldaten lauerten und sie in einen Hinterhalt gelockt wurden.

Das Mädchen merkt die Seelenqualen ihres besten Freundes offensichtlich und meinte: „Hey, alles ist gut! Es ist vorbei!" Doch der Junge entgegnete: „Nein! Es ist erst vorbei, wenn ich seinen Kopf in meiner Hand halte oder ich tot bin! Erst dann ist dieser Krieg vorbei!"

BIOGRAFIE

Maximilian Mittermair, geboren am 07.07.2007 in Immenstadt und lebt seither in Sonthofen im Oberallgäu. In seiner Freizeit ist er in den Bergen unterwegs und als Schiedsrichter leitet er Eishockeyspiele für den Bayerischen Eissportverband. Andere Hobbys sind Lesen (Lieblingsbücher: Herr der Ringe) und auch die freiwillige Feuerwehr.

Pape Andreas

Das gestohlene Herz und andere Geschichten

Das gestohlene Herz

Für Tanja

Ein alter Mann

Herr Gottlieb ist ein alter Mann, der immer in einem ordentlich gebügelten Anzug auf die Straße geht. Auf seinem Kopf hat er meist einen Filzhut, der ein wenig verknickt ist. Heute geht Herr Gottlieb durch den Park, die Sonne scheint und die Vögel zwitschern, doch wieder einmal ist er missmutig.

„Diese blöden Vögel, immer müssen sie lärmen, diese dumme Sonne, es ist viel zu warm. Wenn es regnen würde, wäre es viel besser, und stiller sollte es sein. Jawohl, stiller."

Als es am nächsten Tag regnet und die Vögel nicht zu sehen und zu hören sind, geht Herr Gottlieb wieder durch den Park. Aber wieder hängt er düsteren Gedanken nach.

„Dieser elende Regen, es ist viel zu nass, wenn doch nur die Sonne scheinen würde und meine alten Knochen wärmte. Außerdem sollten die Vögel singen, damit es hier nicht so still ist."

Jeden Tag geht Herr Gottlieb durch den Park, jeden Tag hat er etwas zu meckern. Schlimmer wird es, wenn er mit anderen Menschen zusammentrifft. Häufig kommt er an der großen Sandkiste vorbei, dort spielen die Kinder, rufen, laufen und haben viel Spaß. Es kommt dabei vor, dass eins der Kinder ganz in seiner Nähe laut schreit.

Es wirkt fast so, als ob Herr Gottlieb auf einen solchen Moment gewartet hat, er springt auf und brüllt herum. Das Kind, das ja eigentlich gar nichts falsch gemacht hat, wird gepackt, geschüttelt und angeschrien.

„Kannst du nicht aufpassen? Du Balg! Kinder gehören eingesperrt und erst herausgelassen, wenn sie sich benehmen können! Ich würde sowieso alle Kinderspielplätze und Sandkisten verbieten und zubetonieren!"

Meist fangen die Kinder an zu weinen und laufen weg zu ihren Müttern, die dem Wutanfall von Herrn Gottlieb hilflos gegenüberstehen. Nach einer solchen Situation geht Herr Gottlieb einfach weg und wer genau hinsieht, kann kurz ein Lächeln über seine Lippen huschen sehen, doch dann schaut er wieder griesgrämig wie immer.

Ein mutiger Junge

Klaus ist an diesem Tag richtig froh. Heute haben die Ferien begonnen, also muss er sechs Wochen nicht zur Schule. Nicht, dass Klaus nicht gerne zur Schule geht, nein, eher im Gegenteil, Klaus hat Spaß an der Schule. Aber es gibt so viele wichtige Dinge zu tun. Eine riesige Sandburg, höher als die Häuser, will er bauen, Garoll, seinem Teddybär, soll in diesem Jahr das Schwimmen lernen und viele andere Dinge, die Klaus schon immer tun wollte.

Jetzt ist die Sandburg dran. Er hat zwei Freunde dabei, die ihm helfen wollen. Sie haben also erst einen Platz in der Sandkiste abgesteckt, dann einen Graben ausgehoben. Jetzt waren sie bei der Mauer, die schon fast einen Meter hoch war. Vorsichtig bohrt Klaus mit seiner Schaufel den Torbereich in die Mauer.

Er hat Angst, die ganze Mauer einzureißen, deshalb ist er sehr behutsam. Als er die Mauer durchbrochen hat, formt er vorsichtig den Torbogen und einen kleinen Wachturm. Glücklich strahlend geht Klaus zwei Schritte rückwärts, um sein Werk zu begutachten. Er sieht die sauber gemauerten Gebäude aus Stein, er kann das Knarren der hölzernen Zugbrücke hören und der Wind scheint die Rufe der Bewohner und das Flattern des Stoffes der Wimpel an sein Ohr zu wehen.

Ganz leicht stößt er gegen jemanden, ohne sich umzudrehen, entschuldigt er sich.

Im nächsten Moment wird er herumgerissen und ein Mann schreit ihn an.

„Was machst du da, Junge? Das ist verboten!"

„Ich ... Wir ...", setzt Klaus an.

„Nein, das werde ich nicht zulassen!"

Der Mann stürzt auf die Burg zu, verschüttet den Graben, zertrampelt die Gebäude und zerstört die Mauer. Klaus ist völlig überrascht und steht mit offenem Mund dabei, wie das Werk vieler Stunden unter den wütenden Tritten des Mannes wieder zu Sand wird. Die beiden Freunde von Klaus laufen vor dem aufgebrachten Mann weg, nur Klaus kann sich immer noch nicht rühren.

Die Tränen treten ihm in die Augen, als er das Bild der Zerstörung, die der Mann angerichtet hat, sieht. Herr Gottlieb klopft sich den Sand von den Schuhen und will gerade wieder gehen. Da läuft Klaus zu ihm und fragt mit fast tränenerstickter Stimme.

„Warum bist du immer so böse? Hast du kein Herz?"

Ein schönes Ende

„Nein, habe ich nicht mehr. Hat sich ein Kind ausgeliehen und nicht zurückgegeben."

Dann geht Herr Gottlieb weiter und lässt Klaus einfach stehen. Über die Worte des Mannes denkt Klaus noch lange nach, während seine Tränen trocknen.

Plötzlich hat er eine Idee und läuft schnell nach Hause. Kaum angekommen, läuft er in sein Zimmer und hängt das Schild „Bitte nicht stören" an die Tür. Das Schild hat ihm sein Vater aus einem Hotel mitgebracht. Seine Mutter weiß, wenn das Schild an der Tür hängt, darf sie nicht ins Zimmer.

Noch ein paar Male verlässt Klaus das Zimmer, um Sachen zu holen.

Danach hört man aus dem Raum viele Geräusche. Hämmern, sägen, feilen und Klaus selbst, denn er redet die ganze Zeit mit sich selbst.

Die Mutter kommt angelaufen, aber sie darf nicht in das Zimmer. Durch die Tür ruft sie:

„Klaus. Ist alles in Ordnung?"

„Ja, Mutti", ist die ganze Antwort, die sie bekommt. Klaus muss sich nämlich konzentrieren.

Nach einer Stunde kommt Klaus mit einem Pappkarton unter dem Arm wieder aus dem Kinderzimmer.

„Was ist in dem Karton?", fragt die Mutter neugierig.

„Nichts", antwortet Klaus.

Das war natürlich gelogen, aber es soll doch eine Überraschung werden.

Am nächsten Tag geht Klaus wieder in den Park und wartet. Nach einer ganzen Weile wird sein Warten belohnt. Er kann die Gestalt von Herrn Gottlieb in seinem ordentlich gebügelten Anzug sehen.

Klaus guckt noch einmal schnell in den Pappkarton, dann lächelt er und schließt den Deckel wieder.

Als Herr Gottlieb an ihm vorbeigehen will, tritt Klaus ihm in den Weg. Bevor dieser wieder anfangen kann zu brüllen, reicht Klaus ihm den Karton und sagt:

„Das ist für dich, weil das andere Kind vergessen hat, es zurückzugeben."

Er staunt, nimmt Herr Gottlieb die Schachtel und öffnet sie. Er ist so überrascht, dass er sogar vergisst, den Mund wieder zu schließen. Als er in die Schachtel schaut, wird er sogar noch stiller und fängt an zu weinen.

In der Schachtel liegt ein Herz aus Holz, rot angemalt und bunt beklebt.

„Da …, das ist für mich?", fragt Herr Gottlieb.

„Ja", sagt Klaus, „Warum weinst du? Gefällt es dir nicht?"

„Doch, es gefällt mir sehr gut", antwortet Herr Gottlieb.

„Ich weine vor Freude, weil ich so lange kein Herz mehr hatte. Komm, ich muss mich bei dir entschuldigen. Wollen wir deine Burg wieder aufbauen?"

„Au ja", ruft Klaus.

Die beiden fangen an, die Burg neu zu bauen. Herr Gottlieb sitzt im Anzug in der Sandkiste und baut die Mauer, während Klaus die Türme glattstreicht. Sie bauen sehr lange und es ist bestimmt die größte Sandburg der ganzen Welt. Sandig und stolz stehen die beiden Bauherren vor ihrem Werk.

Plötzlich schlägt sich Herr Gottlieb an den Kopf und läuft so schnell er kann nach Hause. Er kann Klaus gerade noch zurufen:

„Warte hier, ich bin gleich wieder da."

Kurz darauf kommt Herr Gottlieb wieder. Dieses Mal hat er eine Pappschachtel unter dem Arm.

Er winkt Klaus zu sich und öffnet die Schachtel.

Zinnsoldaten, die Schachtel ist voller bunt bemalter Zinnsoldaten.

„Wir brauchen doch eine Besatzung für unsere Burg."

Dann stellen sie die Soldaten überall auf die Mauern und Türme. Auf den höchsten Turm in der Mitte der Burg stellt Herr Gottlieb einen besonders bunten Soldaten.

„Das ist der Kommandant", erklärt er, „von dort oben kann er alles überblicken."

Sie spielen noch mit den Soldaten, bis es dunkel wird, dann muss Klaus nach Hause.

„Es war sehr nett von dir, dass du das Herz für mich gemacht hast", sagt Herr Gottlieb zum Abschied.

„Oh, das ist schon in Ordnung", antwortet Klaus, der gar nicht weiß, was er sagen soll.

„Es darf doch nicht sein, dass ein Mensch kein Herz hat."

„Das stimmt. Es darf aber auch nicht sein, dass ein Junge keinen Beschützer hat."

Mit diesen Worten holt Herr Gottlieb den Soldaten aus dem höchsten Turm und reicht ihn Klaus.

„Hier, der ist für dich."

„Aber das ist der Kommandant", sagt Klaus und hält den Soldaten ganz vorsichtig in der Hand.

„Ich weiß", sagt Herr Gottlieb, „aber ich möchte ihn dir schenken."

„Danke", sagt Klaus, „jetzt muss ich aber los nach Hause, sonst bekomme ich Ärger. Also Tschüs"

„Tschüs, Klaus", ruft Herr Gottlieb und schaut dem Jungen lange nach.

Dann packt er die Soldaten in die Schachtel, nimmt den Karton von Klaus und geht auch nach Hause.

Es ist ein wunderschöner Abend eines richtig schönen Tages, an dem alles gestimmt hat.

Zuhause angekommen, hängt er das Herz auf einen Ehrenplatz über dem Kamin.

Klaus hat seinen Kommandanten auf den Nachttisch gestellt. In dieser Nacht schläft er glücklich und gut beschützt.

Zeit ist endlich

Der Gang ist unglaublich lang. Alle einhundert Schritte wird er von einem ebenso langen Gang gekreuzt. Diese Gänge werden selbst wieder von Ebenbildern des ersten Gangs unterbrochen. Es scheinen unendlich viele Gänge zu sein, die ohne Ordnung ein gigantisches Schachbrett formen. In allen Gängen ist das hüfthohe Regal an den Wänden angebracht und auf diesem Regal stehen dicht an dicht Sanduhren. Es sind unvorstellbar viele und niemand scheint sie gezählt zu haben.

Niemand?

Gevatter Tod schreitet durch die Gänge und sieht nach dem Rechten. Er kennt die Ordnung der Uhren. Sie ist ganz einfach. Für jede Geburt stellt er eine neue Uhr auf und schaut zu, wie sie abläuft. Nach einiger Zeit sind alle Uhren in einem Gang abgelaufen, dann braucht der Gevatter keine neuen Uhren herzustellen, sondern dreht eine nach der anderen die Uhren dieses Ganges wieder um und die Seele lebt in einem neuen Körper ein neues Leben. So ist es immer gewesen, so wird es immer sein.

Immer?

Gevatter Tod geht durch den Gang, den er am meisten verabscheut. Seit über eintausend Jahren hat er die Uhren dieses Ganges nicht mehr umgedreht. Er kann nichts dafür, denn er darf es nur, wenn alle abgelaufen sind. Aber in einer Uhr hat sich ein kleiner Rest Sand am Glas festgesetzt und das bedeutet, dass sie nicht abgelaufen ist. Jedes Mal, wenn Gevatter Tod diese Uhr ansieht, fühlt er sich irgendwie betrogen und wird wütend, doch es ist niemand da, an dem er seine Wut auslassen kann.

Moris kann sich nicht mehr daran erinnern, wie viele Namen er schon getragen hat. Er weiß nur, dass er es leid ist, sehr leid. Seit über eintausend Jahren lebt er und hat alles gesehen, wirklich alles.

Zuerst war er sehr erfreut, als ihm ein langes Leben beschieden schien. Aber dann stand er noch in der Blüte seiner Jahre, als sein letzter Enkel starb und dieses Ereignis hat ihn ziemlich stark getroffen. Er wollte den Tod seiner dritten Frau daraufhin nicht mehr erleben und verließ sie eines Nachts wohlversorgt. Seitdem zog er alleine durch alle Länder dieser Erde, aber nirgendwo fand er eine Erfüllung.

Nach zweihundert Jahren bemerkte er, dass er zwar verletzt, aber nicht getötet werden kann. Er war irgendwie in ein Heer gekommen. Die Umstände sind ihm völlig entfallen, aber an den Moment, als sich die Lanze in seinen Bauch bohrte, kann er sich wie gestern erinnern. Der Schmerz war unbeschreiblich, aber im selben Augenblick wusste er, dass er nicht sterben würde, sondern geheilt nach einiger Zeit weiterleben muss.

Dieses Wissen hielt ihn nicht davon ab, zu versuchen, sich selbst zu töten. Bei seinem ersten Versuch warf er sich über den Rand einer Klippe. Wieder hatte er eine Schmerzerfahrung unglaublicher Intensität, aber ebenso schnell wusste er, dass dieser Weg nicht zum gewünschten Ziel geführt hat. Eine wahre Katastrophe war sein

Versuch, sich selbst zu hängen. Er hatte in einem sehr abgelegenen Wald einen Galgen gebaut. Er wollte nicht seine Probleme anderen Menschen aufdrängen. Die Schlinge für seinen Hals war sehr fachmännisch geknüpft, denn er hatte dafür extra dreißig Jahre als Henker gearbeitet. Besonders stolz war er auf seine Erfindung, mit einer weiteren Schnur die Hände des Gehängten beim Fallen auf dem Rücken zu fixieren. Als er den Schemel, auf dem er gestanden hatte, weggestoßen hatte, zerrte die Schnur seine Hände auf den Rücken und der Knoten sauste mit hoher Geschwindigkeit in sein Genick. Leider hatte er sofort wieder das Gefühl, nicht zu sterben, aber dieses Mal kam zu dem Schmerz ein weiteres Problem. Seine Beine baumelten frei in der Luft und er hing hilflos gefesselt an seinem Galgen. Danach wusste er, dass auch zu Tode hungern und verdursten zwar Schmerzen bereitet, aber ihn dem Tod nicht einen Schritt näher bringt. Es dauerte fünfzehn Jahre, bis der Strick sein Gewicht nicht mehr tragen konnte. Seitdem hat er nie wieder versucht, sich zu töten, das haben andere versucht. Natürlich war keiner von ihnen erfolgreicher als er selbst, stellte er mit Befriedigung fest. Auch bei tödlichen Unfällen hatte er kein Glück, denn er hat ebenso viele überlebt, wie er erlitten hatte.

Moris geht die Treppe seines Hauses nach unten, das er bald wieder verkaufen muss, da er schon über zwanzig Jahre hier lebt und nicht die Aufmerksamkeit der Menschen auf sich lenken will. Auf der letzten Stufe stolpern seine Füße über den losen Teppich, den er schon seit über zehn Jahren wieder befestigen wollte. Soll das doch der neue Eigentümer machen, denkt er, als sein Kopf auf den steinernen Fliesen aufschlägt. Der Schmerz schlägt zu und Moris wartet auf das vertraute Gefühl, nicht zu sterben.

Als es ausbleibt, ist er etwas überrascht.

Schuldbewusst zieht Gevatter Tod seine Hand schnell zurück. Er hat doch nur ganz leicht an das Glas geklopft. Egal, denn jetzt hat alles wieder seine Ordnung.

Zufriedenheit ist eine Zier

Für Oliver

Ich habe die Zahlen bewusst als Zahlen geschrieben, um sie nicht in der Weichheit der Sprache auszudrücken, sondern mit der nüchternen Mathematik, die völlig der Emotionen entkleidet ist.

Er lief für sein Leben gerne und war so stolz, als er die einhundert Meter das erste Mal unter 15 Sekunden gerannt ist. Glücklich strahlend kam er nach Hause und erzählte es seiner Mutter. Die war sichtlich beeindruckt und sagte, er solle es auch seinem Vater erzählen, der im Wohnzimmer sei. Sein Vater hat ihn gelobt und ihm gratuliert. Zufrieden war er an diesem Abend eingeschlafen.

 Als er am nächsten Morgen aufwachte, war er nicht mehr zufrieden, dafür hatte er eine starke Sehnsucht nach einer Wiederholung dieses Glücksgefühls.

 Er beginnt zu trainieren und nach wenigen Wochen braucht er für die Strecke unter 14 Sekunden. Seine Mutter und sein Vater sind ob dieser Nachricht ebenso beeindruckt und voll des Lobes wie beim ersten Mal, aber das Glücksgefühl reicht nicht mehr bis zum Einschlafen, sodass er beschließt, noch schneller zu laufen. Er trainiert weiter. Er braucht drei Monate, um seine Zeit unter die 13-Sekunden-Marke zu drücken, aber mit dieser Steigerung ist er nicht zufrieden, sodass er seinen Eltern nichts davon erzählt. Seine Freunde sind von seinen übermäßigen Trainingsstunden nicht so begeistert und lassen ihn alleine. Das ist ihm egal, denn nach einem Jahr läuft er einhundert Meter unter 12 Sekunden. Seinen Eltern kommt die Besessenheit ihres Sohnes zwar etwas komisch vor, aber von dieser Leistung beeindruckt sind sie schon. Sein Vater sagt, dass er bestimmt das schnellste Familienmitglied seit Beginn der Zeit sei. Aber er fühlt sich dadurch wie ein Kind behandelt, denn was wissen seine Eltern schon vom Laufen.

 Sein erster Lauf unter 11 Sekunden ist durch das fortgesetzte Training möglich und bringt ihn dicht an die Spitze der Sprinter des Landes heran. Das jetzt beginnende professionelle Training festigt seine Leistung. Der Schritt unter die 10 Sekunden scheint ewig zu dauern, aber er wird mit mehreren Weltmeisterschaftssiegen und einem Olympiasieg belohnt. Jetzt will er den Weltrekord, aber diese Tür ist ihm verschlossen.

Nach mehreren Jahren gibt er den Versuch, die 9-Sekunden-Mauer zu durchbrechen, auf.

Als er sein hartes Training absetzt, kommt zu der Sehnsucht nach dem vergangenen Glück das Gefühl des Versagens. Erschreckt nimmt er das Training wieder auf. Er kann seine Leistung tatsächlich noch einmal steigern und den Weltrekord brechen, aber sein fantastischer Lauf liegt über 9 Sekunden. Ein zweites Mal gibt er sein Training auf, aber das Gefühl des Versagens wird übermächtig.

Er muss es schaffen, irgendwie, denkt er bei sich. Das Fläschchen kauft er auf dem Schwarzmarkt, dann nimmt er noch einmal das Training auf. Nachdem seine Zeiten wieder in gewohnten Bereichen sind, nimmt er das Mittel und trainiert weiter. Er fühlt sich großartig und hat das Gefühl, das Richtige zu tun. Er bittet seinen Trainer, den einzigen Menschen, der mehr mit ihm zu tun hat, die Zeit zu nehmen.

Er läuft und ist so unglaublich schnell. Nach einhundert Metern stolpert er, als sein Herz aussetzt. Er schlägt lang auf den Boden und er hört etwas in seinem Rücken knacken. Doch als sein Trainer entsetzt zu ihm läuft, fragt er nur, wie schnell er gewesen sei. Unter 15 Sekunden, sagt sein Trainer.

Das Gefühl der Verzweiflung schlägt hart und grausam zu, danach kommt der feurige Schmerz aus seinem Rücken und bringt ein schwarzes Loch.

Er sitzt jetzt zwar im Rollstuhl und denkt nicht an irgendwelche Zeiten über eine einhundert Meter Strecke, aber jeden Abend schläft er zufrieden ein, weil es alles in allem ein schöner Tag gewesen ist.

Erinnerung ist Leben

Für Andrea

Großvater Hein geht mühsam die Treppe zum Dachboden hinauf. Heute wird er dort aufräumen, sodass endlich für den jüngsten Neffen ausgebaut werden kann.

Hein geht die letzten Stufen hinauf und öffnet die Tür. Die Sonne scheint durch das Fenster in der Stirnwand. Sein Blick wandert über das staubige Chaos. Die Bewegung der Tür lässt den Staub durch die Sonnenstrahlen tanzen.

Der alte Mann betritt den Raum, schließt die Tür und lehnt sich dagegen. Er atmet schwer, der Weg war nicht weit, aber sein Herz ist nicht mehr das Jüngste. Der Schweiß steht auf seiner Stirn und Hein wischt ihn ab, während er den Dachboden betritt.

Der Raum ist vollgestopft mit altem Plunder und allerlei Krimskrams.

Wo soll er anfangen? Was kann er wegwerfen? Wenn hier wirklich das neue Zimmer für seinen Neffen entstehen soll, dann wird nichts bleiben können. Etwas traurig, doch entschlossen macht sich Hein an die Arbeit.

Kisten und Kästen, Koffer und Taschen wirft er durch das Dachfenster in den Container auf der Straße. Hein greift nach einem alten Schuhkarton, um ihn durch das Fenster zu werfen.

In diesem Augenblick bricht der morsche Boden des Kartons durch. Eine Handvoll Fotos schweben auf die Dielen. Eine der Fotografien liegt mit dem Bild oben.

Mühsam bückt sich Hein, um die Fotos aufzusammeln und sie ihrer Bestimmung im Container zuzuführen.

Sein Blick wandert über die Bilder in seiner Hand. Obenauf liegt das Foto einer jungen Frau. Ein geheimnisvolles Lächeln liegt auf ihren Lippen und das Licht glänzt auf den langen, schwarzen Haaren.

Es ist, als ob eine kalte Hand sich um sein Herz legt. Trauer zieht seine Kehle zusammen.

Auf dem Foto ist Debora Kingston, seine erste Jugendliebe.

Das nächste Foto zeigt eine Sporttasche mit den Waffen, die vor einer Ewigkeit seine ganze Welt bedeuteten. Verträumt streicht er mit den Fingern über das Bild, es scheint ihm, als wenn er die Floretts in der Tasche spüren kann. Was für Gefechte hat er mit diesen Waffen erlebt. Für jeden Sieg und für jede Niederlage war er selbst verantwortlich. Das Auseinandersetzen mit dem Gegner nach den strengen Regeln der Ehre.

Jetzt hält er ein Bild der Rudermannschaft seines Semesters in der Hand. Der Vierer war legendär. Nicht, weil er immer gewonnen hat, sondern weil sie Freunde waren, die zu feiern wussten. Sie standen füreinander ein, wie es nur echte Freunde können. Jetzt sind zwei der Kameraden irgendwo und mit dem letzten hat Hein seit Jahren kein Wort mehr gewechselt.

Als der alte Mann das letzte Foto ansieht, fühlt er einen kurzen Schmerz in der Brust.

Er weiß nicht, wer es aufgenommen hat, aber es zeigt wieder Debora Kingston an dem Tag, an dem er sie verlassen hat. Auch er ist auf dem Bild zu sehen, wie er ihr den Rücken zuwendet. Deboras Blick ist voll Trauer. Es sind fast die einzelnen Tränen zu sehen, die sie an diesem Tag vergossen hat.

Es war ein schöner Tag gewesen, auch wenn Hein an diesem Tag die schwerste und vermutlich dümmste Entscheidung seines Lebens gefällt hatte. Für die Chance einer Karriere hat er Debora Lebewohl gesagt.

Jetzt, am Abend seines Lebens, hatte er die Karriere gemacht, aber es stellt sich die Frage nach dem „wofür".

Er hatte nie geheiratet und keine eigenen Kinder gehabt.

Jetzt wohnt sein Bruder und dessen Familie mit in seinem Haus und über kurz oder lang haben sie ihn daraus verdrängt. Heute ist es der Dachboden, den er räumen muss, bald wird es seine Etage sein.

Nicht, dass Hein ein wirkliches Problem damit hat. Nein, das ist es nicht, nur es wäre schöner gewesen, den Dachboden für seine eigenen Kinder oder Enkel zu räumen.

Wieder spürt Hein den Schmerz in der Brust und setzt sich in einen alten Schaukelstuhl.

Nachdem der damals junge Mann sich von seiner einzigen Liebe getrennt hatte, war es mit seiner Karriere steil bergauf gegangen. Für neue Beziehungen hatte er nie Zeit gehabt. Eigentlich wusste er damals schon, was er verloren hatte. Immer wieder sagte er sich, dass keine andere Frau an Debora heranreichen könne und er sogar sie aufgeben konnte.

Er würde es nie wieder so machen, aber diese Wahl hat er leider nicht.

Herbert ist auf der Suche nach seinem Onkel, der alte Nichtsnutz sollte doch den Dachboden aufräumen, aber oben ist nichts mehr zu hören. Als der junge Mann die Tür öffnet, sieht er seinen alten Onkel im Schaukelstuhl wippen. Er scheint zu schlafen, aus seiner Hand sind ein paar Fotos auf den Boden gefallen.

Herbert kniet sich hin, sammelt die Fotos ein und schaut sie an.

Das erste Bild zeigt eine Frau mit fahlem Gesicht. Auf dem nächsten Foto ist eine Tasche, aus der Metallstäbe ragen, zu sehen. Danach sind vier dünne Jungen in den Trikots der Rudermannschaft der Frankfurter Universität zu sehen. Auf dem letzten Bild ist wieder die Frau des ersten Bilds abgebildet, und sie schließt einen jungen Mann in die Arme.

Herbert wirft die Bilder in den Container, dann stößt er seinen Onkel an, denn es wird Zeit, dass weiter aufgeräumt wird.

Aber der alte Mann scheint sehr fest zu schlafen.

Zug um Zug

Für Oliver

Diese Geschichte schreibe ich zum Begleichen einer Wettschuld. Obwohl ich es nicht als wirkliche „Strafe" empfinde, gezwungen zu werden, mir für etwas, das ich gerne mache, Zeit zu nehmen.

Klaus Keiner mochte Züge, solange er sich zurückerinnern kann.
Wie alle Jungs bekam er eine Eisenbahn geschenkt. Vom ersten Tag an erfüllte ihn eine stille Freude, wenn er die kleine Lok sah, wie sie aus dem Bahnhof ausfuhr. Nach einer kurzen Strecke führten die Gleise in einen Tunnel, und Erschrecken packte Klaus, da es aussah, als wenn ein riesiges dunkles Maul den kleinen Zug verschlang. Beim ersten Mal war das Entsetzen so groß, dass er weinte, doch als sein Vater ihm zeigte, wie der Zug mit all seinen kleinen Waggons wieder aus dem Tunnel herauskam, freute Klaus sich.
Die Tränen verwandelten sich in Tränen der Freude.
Es war, als wenn es ein neuer Zug wäre, der in eine neue Stadt einfährt, um neue Geschichten und Abenteuer zu erleben.
Klaus genoss es, mit der Eisenbahn zu spielen, den Moment des Entsetzens, wenn der Zug wieder in den Tunnel fuhr und verschwand. Dann tauchte die Lok voran ein neuer Zug aus dem Tunnel wieder auf. Was hat er gesehen, was hat er erlebt?
Als Klaus größer wird, spielt er immer noch gerne mit der Eisenbahn, aber meistens alleine, denn seine Freunde reagieren ungläubig, wenn er ihnen die Geschichte mit dem alten und neuen Zug erzählt und wie er sich im Tunnel verwandelt. Selbst die Angst vor dem tiefen, schwarzen Maul, das den Zug verschlingt, scheinen sie nicht nachvollziehen zu können.
Die Jahre vergehen und die Erinnerung an die Angst verblasst, aber eine tiefe Liebe zur Eisenbahn bleibt. So ist es nicht verwunderlich, dass Herr Keiner sich eines Tages bei der Eisenbahn als Schaffner bewirbt. Die Enttäuschung ist riesengroß, als Klaus das

Ergebnis seiner Einstellungsuntersuchung erhält. Abgelehnt, wegen eines zu schwachen Herzens.

Wieder treten Klaus die Tränen in die Augen, aber dieses Mal ist kein Vater da, der Klaus tröstet. So beschließt Klaus, nie wieder etwas mit Zügen zu tun haben zu wollen.

Klaus liebt Züge, aber sein Entschluss steht fest.

Selbst die Straßenbahn vermeidet er und nimmt lieber einen Bus, ein Taxi oder geht zu Fuß.

Trotz dieses Entschlusses, der seine Seele zur Verzweiflung treibt, kann Klaus nicht ganz von der Eisenbahn lassen. Seine Wohnung nahe dem Bahnhof wird bei der Ankunft jedes Schnellzuges durchgeschüttelt. Natürlich ist es nur, um die Züge besser hassen zu können. Doch häufig läuft Klaus zum Fenster und schaut zu, wie der Zug in den Bahnhof ein- oder ausfährt. Natürlich nur, um dem Feind ins Auge zu sehen.

Die Fragen nach dem Abenteuer, das dieser Zug erlebt hat, stellt Klaus sich immer noch und immer noch freut er sich im Stillen darüber.

Herr Keiner ist jetzt schon ein paar Jahre in Rente und noch immer wartet er auf Abenteuer, die er erleben kann, aber in Wahrheit ist er noch nie aus seiner Heimatstadt herausgekommen.

An einem regnerischen Tag, als der trübe Himmel auf die Stimmung drückt und Klaus sich nach der Sonne sehnt, beschließt er, seinen Vorsatz zu brechen.

Schnell ist ein Koffer gepackt und Klaus kommt um vor Nervosität, als er den Bahnhof betritt. Alles ist genau, wie er es sich vorgestellt hat, wenn nicht noch besser. Hunderte von Menschen gehen, laufen, rennen durch die Gänge und Hallen. Jeder hat sein eigenes Ziel, seine eigene Geschichte. Die Geschäfte in den Hallen bieten alles, was das Herz begehrt.

Es ist wie eine eigene kleine Welt, denkt Klaus und schaut sich weiter mit großen Augen um. Langsam schlendert er durch die Halle. Plötzlich hat er es nicht mehr eilig, in die Sonne zu kommen. Hier ist er doch glücklich. Ein bitterer Kloß hindert Klaus am Schlucken, als er sich an die abgelehnte Bewerbung erinnert. Als Klaus sich in die Schlange am Fahrkartenschalter anstellt, verschwindet das bittere Gefühl langsam. Alle Personen in der Schlange beschweren sich über das Abfertigungstempo des Bahnangestellten, nicht Klaus. Eigentlich geht es ihm immer noch zu schnell, denn er kann gar nicht alles sehen. Die verschiedenen Menschen mit all ihren Hautfarben und den unterschiedlichen Kleidungen. Die Auslagen der Geschäfte und die künstliche Beleuchtung.

Klaus wird in den Rücken gestoßen, damit er endlich nach vorne an den Schalter geht, um seine Fahrkarte zu kaufen. Vor lauter Staunen hat er nicht bemerkt, dass er bereits der Erste in der wartenden Gruppe ist. Ein Umstand, den sein Hintermann nicht übersehen hat.

Klaus weiß noch gar nicht, wohin er eigentlich fahren will, deshalb sagt er einfach: „In die Sonne mit Bergen."

Die Schalterbeamtin lächelt freundlich und antwortet: „Es heißt nach Sonneberg. Wollen Sie eine einfache Fahrt?"

Klaus ist längst wieder durch die technische Ausstattung des Schalters abgelenkt und antwortet: „Ja".

Kurz darauf hat Klaus eine Fahrkarte nach Sonneberg bei Bayreuth in der Hand.

Langsam schlendert er zu seinem Gleis.

Er steht auf dem Bahnsteig und lauscht den Lautsprecherdurchsagen, als sei es Vogelgezwitscher an einem schönen Frühlingsmorgen.

Als die Stimme aus dem Lautsprecher seinen Zug ankündigt, freut sich Klaus so, dass er von einem Fuß auf den anderen hüpft. Der Zug scheint unendlich lang zu sein. Klaus nutzt die Zeit, während die anderen Menschen aussteigen, um sich den Zug so gut wie möglich von außen anzusehen. Danach steigt er ein, bringt sein Gepäck an seinen Platz und geht auf Erkundungstour im Zuginneren. Er spürt ein leichtes Rucken, als der Zug anfährt, aber er hat noch lange nicht alles im Zug gesehen.

Doch auch der längste Zug hat zwei Enden, und erschöpft geht Klaus wieder an seinen Platz. Der Schaffner öffnet die Abteiltür und fragt, ob noch jemand zugestiegen sei.

Freudig wie ein kleines Kind zu Weihnachten beobachtet Klaus, wie der Schaffner seine Fahrkarte entwertet. Der Schaffner verabschiedet sich und schließt die Abteiltür.

Die Lokomotive stößt ein schrilles Pfeifen aus, und Klaus ist erfüllt von einem stillen Entzücken.

„Freiheit und Abenteuer", denkt er.

<Hier ist ein gutes Ende für eine schöne Geschichte.>

Das Pfeifsignal ist die Ankündigung eines Tunnels, in den der Zug jetzt einfährt. Plötzlich umfängt eine eiskalte Hand Klausens Herz. Die Sekunden strecken sich zu Minuten, zu Stunden, zu Ewigkeiten. Klaus bekommt keine Luft mehr, kalter Schweiß läuft ihm den Rücken herunter, und die Schmerzen in seiner Brust werden unerträglich. Der Tunnel nimmt kein Ende. Die Lichter im Abteil werden dunkler, und der ganze Zug scheint sich zu drehen. Klaus stöhnt, greift sich an die Brust und fällt nach vorne. Es ist, als wenn er in einen tiefen schwarzen Tunnel fällt, doch niemals den Aufschlag spürt.

„Herzinfarkt", sagt der Notarzt, „Wir können hier nichts mehr tun, wir kamen zu spät."

BIOGRAFIE

Andreas Pape ist viele Dinge, aber in der klassischen Beschreibung ist er Familienvater, Informatiker, Unternehmensberater, Fechter und Triathlet, aber auch ein bisschen bibliophil.

Die Bandbreite seiner Geschichten ist vielfältig, aber fast immer phantastisch. Er schreibt, um die Bilder aus seinem Kopf zu bekommen und Platz für neue Geschichten darin zu schaffen.

Post Erich

Wilddiebe

Ich kam als Flüchtlingskind nach Bayern, bin einer von denen, die sie eigentlich gar nicht mögen. Ich bin ein „Preiß"! Dann wollte ich Jäger werden und bin einer von ihnen geworden. Geholfen hat dabei, dass ich Jägerblut in mir habe. Die Jagd hat mich schon als Bub gepackt. Begonnen hat das so:

Nach unserer Flucht aus Ostpreußen sind wir am Ende des letzten Weltkrieges mit einigen spärlichen Habseligkeiten, aber gesund in die Holledau gekommen. Wir, das war meine Mutter, mein älterer Bruder und ich. Inmitten dieses schönen und reichen Hopfenlandes kamen wir nicht weiter und wurden bei einem Bauern „zwangseingewiesen". Ich war damals grade vier Jahre alt; mein Bruder ein bisschen älter. Gut ging's uns nicht, doch wir hatten überlebt und Mutter wollte schon wegen uns auch weiterleben – meistens. Manchmal aber, wenn sie weinte oder ganz still vor sich hin starrte, begriffen wir Kinder ihre große Traurigkeit nicht ganz, doch sie erschien uns bedrohlich und wir hatten jedes Mal Angst. Ich kroch dann auf ihren Schoß und mein Bruder umklammerte ihre Knie und wir waren beide ganz brav. Wenn sie uns dann lieb an sich drückte und mit uns sprach, war wieder alles gut und wir machten uns davon, erforschten weiter unsere neue Umgebung und richteten uns in der fremden Welt ein, so gut es eben ging.

Diese Welt war der Hof des „Krauterbauern", seine Umgebung, die umliegenden Felder und der nahe Wald. In ihm waren wir grade wieder, als wir spät nachmittags ein Auto hörten. Autos waren damals in dieser Gegend etwas Besonderes. Neugierig gingen wir zum Waldrand und sahen auf dem holprigen Weg zum „Krauterbauern" einen Jeep. Alle Militärfahrzeuge waren für uns damals

Jeeps. Auf diesem waren ein Maschinengewehr und ein Scheinwerfer montiert, wie mir der Bruder erklärte. Vorne saßen drei Soldaten in dicken Jacken mit fellumrandeten Kapuzen. Ein ganzes Stück vor dem Hof fuhr der Jeep vom Weg ab auf eine kleine Wiese nah am Wald. Auf ihr hatten wir noch vor ein paar Tagen Kühe gehütet. Jetzt schimmerte sie in der Abendsonne von Reif überdeckt silbern. Die Amis stellten den Jeep in ein kleines Feldgehölz aus jungen Bäumen und Sträuchern. Dort waren sie nicht zu sehen, hatten selbst aber gute Sicht auf die Wiese und den Waldrand. Wir hatten uns ihnen gegenüber hinter Brombeerranken und dürrem Gras unter Fichtenästen „eingeschoben" und beobachteten sie. Die Zeit verging. Die Sonne verschwand langsam hinter dem Wald. Bei den Amis rührte sich nichts. Nur Zigarettenrauch stieg manchmal auf. Wir hätten zu gern gewusst, was sie hier wollten und überlegten, ob wir nicht einfach zu ihnen gehen und sie fragen sollten. Wir hatten schon erlebt, dass Amis freundlich sein können, jedenfalls zu Kindern. Uns hatten sie, als wir an der Straße bettelten, beim Vorbeifahren schon einmal Süßigkeiten zugeworfen. Ich hatte eine kleine grüne Dose mit Schokoladenscheiben erbeutet. Das war meine erste Schokolade. Die leere Dose habe ich noch jahrelang bei meinen anderen kleinen Habseligkeiten bewahrt. Aber so ganz ungefährlich erschien uns ein Besuch dann doch nicht. Wenn wir sie plötzlich störten, könnten sie vielleicht doch „böse" werden. Der Bruder entschied: „Wir bleiben!". Er war der Ältere. Ich wickelte mich noch dichter in meinen „Poncho" und fror doch. Die Ponchos hatte Mutter aus einer grauen Wehrmachtsdecke gemacht, die sie bei einem toten Soldaten fand. Der Bruder hatte zwei Drittel der Decke und ich den Rest bekommen. In jedem Teil war ein Schlitz, durch den wir den Kopf stecken konnten. Das waren unsere Mäntel und sie waren alles, was wir an Winterkleidung noch hatten. Eng aneinander gedrückt saßen wir am Waldrand, froren und warteten. Irgendwas musste doch geschehen. Die Amis waren bestimmt nicht nur so da. Inzwischen hatten wir auch einen gewaltigen Hunger. Das bisschen Proviant, das uns Mutter mitgeben konnte, war längst verdaut. Doch wir hielten aus. „Hunger aushalten" hatten wir auf der Flucht gelernt, zuletzt auch noch in der Holledau. Im Dorf, wo unsere Flucht endete – wir kamen einfach nicht mehr weiter – wurden wir die ersten paar Tage in einer Scheune untergebracht. Das war damals schon was. Doch, dass wir auch essen müssen, daran dachte niemand. Das war wohl dem Wirrwarr unmittelbar nach dem Krieg geschuldet. Vom „Krauterbauern", wo wir dann „zwangseingewiesen" wurden, erhielten wir auch kaum etwas. Er war über unsere Einweisung gar nicht glücklich und ließ uns das auch merken. Mit dem Hungern ging es dann ein paar Wochen noch grade so, weil Mutter alles für Lebensmittel eintauschte, was sie noch besaß: das bisschen Schmuck und ein paar kleine silberne Figuren. Aber nun, im ersten Nachkriegswinter, wusste sie nicht mehr, wie sie uns und sich selber weiter durchbringen sollte. Im Oktober reichte es zum Sattwerden schon nicht mehr.

Unser „Zuhause" war eine kleine ehemalige Gesindekammer unterm Dach mit einem schmalen Fenster und einem gemauerten Ofen. Dort waren auch unsere viel zu geringen Vorräte für den Winter untergebracht. Die hatten wir, wenn wir nicht gerade auf dem Hof und bei der Ernte helfen mussten, schon im Sommer angefangen zu sammeln. Da war alles dabei, was im Wald, auf den Wiesen und den Feldern Essbares zu finden war. Mutter war auf dem Land groß geworden und kannte viele genießbare Beeren, Pilze und Kräuter. Wir sammelten auch Bucheckern, Getreideähren und Kartoffeln, die bei der Ernte liegen geblieben waren, und auch ein paar Zuckerrüben hatten wir ein „wenig schräg" erlangt. Aus ihnen wurde Sirup gekocht, aus den Waldbeeren Saft und mit dem wenigen Zucker auf Lebensmittelmarken auch Marmelade. Die Pilze hat Mutter in Scheiben an Zwirnfäden von ihrem aufgeribbelten Unterhemd getrocknet; das nachgelesene Korn gegen etwas Mehl, die Bucheckern gegen ein wenig Öl getauscht. Alles lag in unserer Kammer neben drei Weißkohlköpfen und ein paar Möhren. Ein bisschen frische Milch erhielten wir, ohne Wissen ihres Mannes, von der mit uns fühlenden Bäuerin und etwas altes Brot bekamen wir im Dorf von dem gutmütigen Bäcker. Damit hätten wir schon überlebt, wenn es etwas mehr gewesen wäre. Doch es reichte nicht für alle drei und wurde deshalb bereits ab Oktober „rationiert". Mutter aß selbst ganz wenig und gab uns Kindern, so viel grade möglich war. Hungrig, wie wir waren, waren wir ständig auf der „Jagd" nach etwas Essbarem und stromerten deshalb den ganzen Tag (Schule gab es noch nicht) mehr oder minder frierend auf dem Hof, den Feldern und Wiesen und im Wald umher. Genauso wie heute.

Inzwischen war die Sonne ganz verschwunden. Wald und Wiese lagen im Dämmerlicht und über einem kleinen Bach erhoben sich Nebelschwaden. Mir gruselte, denn in dieser Zeit und solcher Umgebung könnten Tote herumgeistern, hatte mir eine Tante erzählt. Der Bruder hatte nur gegrinst: „Die will doch nur, dass du bei Tageslicht heimkommst." Endlich kam Bewegung in die Soldaten. Sie stiegen aus dem Jeep und schauten mit Ferngläsern zum Waldrand. Wir bekamen noch mehr Angst, machten uns ganz flach, drückten die Gesichter ans Moos und legten die Arme über den Kopf. Als wir nach ein paar Minuten wieder zum Auto schauten, sahen wir, wie ein Soldat ein Gewehr auf den Kühler legte und auf den Waldrand zielte. Ich wollte aufspringen und wegrennen, doch der Bruder drückte mich wieder auf den Boden. Er hatte gleich erkannt, dass das Gewehr nicht auf uns gerichtet war. Dann krachte ein Schuss. Wir stützten uns auf die Ellenbogen und sahen, wie ein Soldat auf den Jeep kletterte und den Scheinwerfer einschaltete. Der Soldat mit der Waffe schoss jetzt noch einmal. Der Scheinwerfer-Mann klatschte in die Hände, sprang vom Jeep und schlug dem Schützen auf die Schulter. Der erzählte freudig aufgeregt irgendwas. Dann fuhren alle zum Waldrand und hielten etwa 20 Meter von uns. Nach einigen Minuten schien die Gefahr vorüber. Wir richteten uns auf, wollten wissen, was passiert war und schlichen in Richtung Soldaten. In der Nähe des Jeeps sahen wir im Licht des Scheinwerfers ein Reh liegen und versteckten uns schnell wieder. Das tote Reh erschreckte uns nicht. Wir hatten schon einige gesehen. Das erste fanden wir im Wald. Es lag auf einem Wildwechsel, stank schon nach Verwesung und hatte im Rücken rechts und links ein kleines

Loch. Der Kopf war zu dieser Stelle gedreht, als habe es die Wunde lecken wollen. Wir haben uns damals nicht getraut, es anzufassen, standen eine Weile wie versteinert daneben und rannten dann plötzlich weg, als wäre der Teufel hinter uns her. Ein anderes Mal sahen wir ein Reh beim Bauern in der Waschküche. Es war aufgeschlitzt und hing in einer dunklen Ecke. Auch da sind wir wieder schnell abgehauen, diesmal aus Angst vor dem Bauern. Der hatte uns Schläge angedroht, wenn er uns in der Waschküche erwischt. Ihm begegneten wir auch einmal spät abends, als wir mit Mutter aus dem Haus kamen. Er war gerade dabei, ein Reh aus einem Kartoffelsack zu ziehen. Als er uns bemerkte, begann er zu fluchen. Wir Kinder bekamen Angst, wollten uns schnell verdrücken. Die Mutter aber ging zum Bauern. Das fand ich mutig, weil ich meinte, er sei ein ganz gefährlicher Mann. Mutter sagte leise etwas zu ihm, er antwortete grimmig, zog dann aber aus seinem Rucksack einen Packen und gab ihn ihr. Zurück in unserem Zimmer erklärte Mutter, was sie „erbeutet" hatte: die Leber des Rehs, das Herz, die Nieren und etwas Lunge. Am selben Abend aßen wir noch die Leber und das halbe Herz. Mutter hatte ein paar Apfelstückchen und Pilze dazu getan und uns jedem eine Extrascheibe Brot geschnitten. Es schmeckte hervorragend und alle – auch Mutter – wurden seit langer Zeit wieder einmal richtig satt. Wir Buben kannten seitdem den hohen Wert dieser Innereien, von Jägern „Geräusch" genannt.

Wir blickten wieder zu den Soldaten. Zwei der GIs standen neben dem Auto, der Dritte war im Abblendlicht des Jeeps über das Reh gebeugt. Bevor er sich wieder aufrichtete, legte er den Aufbruch, getrennt nach Geräusch und Gescheide, neben dem Reh ins Gras. Dann wusch er sich die Hände, ging zu den anderen, die an der von uns abgewandten Seite des Jeeps lehnten, und steckte sich eine Zigarette an. Wir schauten auf die Innereien, dachten beide an das gute Gefühl, satt zu sein, und an den feinen Geschmack einer gebratenen Rehleber. Die Soldaten standen immer noch rauchend und redend neben dem Jeep. Mein Bruder flüsterte: „Krabble hin und hol es!" Ich hatte Angst und zischte zurück: „Tu's selber".

„Du bist noch so klein, dass dich keiner sieht!"

Wir schwiegen eine Weile. Dann stieß mir der Bruder seinen Ellenbogen in die Rippen und deutete auf die Innereien. Ich zögerte, kriegte noch einen Stoß und kroch jetzt, trotz aller Bedenken, auf dem Bauch unter den Ästen vor auf die Wiese. Hastig griff ich mit beiden Händen nach dem noch warmen Geräusch, zog es auf mein ausgebreitetes Poncho-Vorderteil, raffte das zusammen und rutschte auf den Knien zurück. In unserem Versteck fiel ich zitternd auf den Rücken. Der Bruder legte gleich einen großen Teil der Innereien in seinen Poncho und lief so schnell er konnte ins Innere des Waldes. Ich, mit dem Rest der Beute, hinterher. Aber schon nach etwa 20 Metern blieb er an einer Wurzel hängen, fiel krachend in einen Haufen dürrer Äste und zeigte tatsächlich Durchhaltevermögen. Trotz Schreck und Schmerz hielt er die Innereien fest, rappelte sich sogleich wieder auf und rannte weiter. Vom Waldrand her ertönte unterdessen unverständliches Geschrei, der Scheinwerferkegel glitt durch die Bäume, Schüsse fielen. Aber da waren wir schon aus der Gefahrenzone, liefen auf einem schmalen Pfad Richtung Hof. Von den Soldaten hörten wir bald nichts mehr. Wahrscheinlich hatte sie das Krachen erschreckt.

Vor dem Hof „verschnauften" wir, bis wir wieder Kraft geschöpft hatten, gingen dann langsam und möglichst unauffällig über den Hof und dann schnell die Treppe hoch in unser Zimmer. Die Mutter sah uns, unterdrückte gerade noch einen Schrei, stammelte: „Wie seht ihr aus?" Wir ließen den Inhalt unserer Ponchos auf den Tisch gleiten. Gelobt, wie wir es erwartet hatten, wurden wir aber nicht. Stattdessen tauchte die Mutter einen Lappen in den Wassereimer und wischte unsere Gesichter ab. „Gott sei Dank, es ist nicht euer Blut", seufzte sie und fragte, nun mit einem milden Lächeln: „Seid ihr gesund?" Wir nickten heftig und erzählten aufgeregt unser Abenteuer. Beide gleichzeitig und immer lauter, bis Mutter uns ihren Zeigefinger auf den Mund legte. An diesem Abend wurden wir wieder einmal alle satt. In der Nacht träumte ich, dass ich selbst ein Reh schoss, das schwere Tier zur Mutter schleppte, amerikanischen Soldaten dabei zusahen und mir auch noch Schokolade schenkten. Gleich beim Aufwachen am nächsten Morgen beschloss ich, Jäger zu werden. Ich passte nun immer genau auf, wenn es um Jagd ging, machte mir einen Bogen aus Haselholz und Pfeile aus Schilfrohr: meine ersten Jagdwaffen. Einen Jagdhund hatte ich schon, den Billy.

Billy war auf der Flucht mitgekommen. Er war mein erster Hund und damals mein Ein und Alles. Billy war immer bei mir. Er aß mit mir und schlief bei mir im Bett, begleitete mich auf meinen Streifzügen durch den Bauernhof, über die Felder und in die Wälder. Er spielte mit beim Verstecken in den Scheunen und Ställen, kletterte mit auf die Heuböden oder stieg mit mir in den dunklen Kartoffelkeller. Billy war ein drahthaariger Jagdterrier, etwa dreißig Zentimeter lang und zwanzig Zentimeter groß mit einem braunen Gesicht, einer schwarzen Stirn, schwarzen Ohren und grauschwarzem Körper. Er war zwar etwas steifbeinig, dafür aber war sein Drahthaar seidig wie Plüsch. Er war mein bester Freund und wurde mein bester Jagdgefährte. Die anderen, außer meiner Mutter, verstanden unsere innige Beziehung nicht und sagten, er wäre doch nur ein Stofftier. Aber das war damals für mich nur ein blöder „Schmarrn".

Wie es dann mit uns weiterging und was ich als „Jagerbua" noch in der Holledau erlebte, wie zum Beispiel der „Stern von Rio" umkam oder wo die Pistole meines Vaters blieb und was ich mit meinen Jäger-Freunden anstellte und überstand, ja – und wie aus meiner Freundschaft zum Dorle Liebe wurde, und einiges mehr, das erzähle ich in einem anderen Buch.

E.T. POST

Roedel Rita

Kirschen stehlen

Tauche ich tief in den Sodbrunnen meiner Erinnerungen hinab und wühle die Sedimentschicht meiner frühen Kinderjahre auf, dann steigen wie aus einem geheimnisvollen Moor bunte Blasen auf. Sie gleichen den Seifenblasen, die ich als Kind mit geschürzten Lippen aus der zitternden Membran des Seifenschaums im kleinen Ring am Ende des Stäbchens hauchte. Wie magische Kugeln schwebten sie in der Luft, in ihnen spiegelte sich in Regenbogenfarben die Welt um mich herum, jedoch kopfüber und winzig klein, zum Greifen nah. Griff ich jedoch nach ihnen, platzten sie, und die kleinen Wunder schrumpften wieder zu Schaumtropfen und lagen feucht, wie kalte Spucke, in meiner Hand.

Objektiv besehen waren es keine weltbewegenden Ereignisse, obwohl solche damals durchaus stattfanden. Etwa die außerordentliche Hitzeperiode im Juni 1947, damals herrschten in der Schweiz die heißesten je gemessenen Temperaturen seit Beginn der Aufzeichnungen im Jahr 1864. Aber was sollte ein viereinhalbjähriges Kind mit diesen meteorologischen Schlagzeilen anfangen? Mir war heiß, gewiss, wie allen Leuten, meine Seele aber ließ die Hitze völlig kalt. Hingegen hat sich ein Spaziergang, genauer ein Augenblick jenes Spaziergangs, in meiner Erinnerung unauslöschlich eingebrannt.

An jenem Abend im Hitzemonat Juni 1947 bricht Mutter mit uns und dem Hund der Nachbarin nach dem Nachtessen zu einem Spaziergang auf. Das ist außergewöhnlich, denn üblicherweise müssen mein kleiner Bruder und ich nach dem Nachtessen ins Bett.

Der kleine Vorplatz unseres Wohnhauses liegt bereits im Schatten zwischen den aufragenden Mauern der Nachbarshäuser. Der braune Boxer steht breitbeinig wie ein Tabourettli da, hechelt, hebt hin und wieder den dicken Kopf und blickt zu meiner Mutter hoch. Frau Wehrli, seine Besitzerin, ist in die Bäckerei zurückgekehrt, froh, dass Mutter ihn auf den Abendspaziergang mitnimmt, tagsüber wäre es auch für ihn zu heiß gewesen. Reto sitzt im Kinderwagen, einem hölzernen Kasten in schmutzigem Hellbeige, über dessen ovale Seitenbretter sich der metallgraue Schriftzug „Wisa Gloria" schwingt. Er lehnt sich über die Wagenkante hinaus, streckt seinen Arm nach „Boxli" aus, der Hund macht keinen Wank.

Ich stehe ängstlich oben auf der Treppe, die zum Plätzchen hinunterführt. Klein und mager, zu klein und zu mager für mein Alter. Meine Mutter erwähnte diese Eigenheit von mir später mit leisem Vorwurf, so als hätte meine Mickrigkeit sie damals beschämt, fügte jedoch rasch hinzu: „Aber du warst gesund." Ich trage ein grün-weiß kariertes Kleidchen, ein sogenanntes „Hängerchen", welches sie aus einem Fetzen Baumwollstoff aus der „Restentrucke" des Stoffhauses „Ackermann" genäht hat. Das Unternehmen existiert zu meiner Verwunderung noch immer und versendet wie vor fünfundsiebzig Jahren Reststoffpakete. Ich schaute jeweils zu, wie Mutter den Stoff vorn unter die Nähnadel der Maschine schob, mit den Füßen das Tretgitter „trampte", damit die Nadel mit lautem Tak-tak-tak auf und ab zuckte. Worauf Mutter hinten eine Spielhose für meinen Bruder, ein Röcklein für mich oder eine Schürze für sich selber unter der Nähnadel hervorzog. Dazu trage ich ein rosa Sonnenhütchen mit ondulierter Krempe, ebenfalls aus einem Fetzchen Baumwollstoff aus dem Fundus der „Ackermann-Trucke" und ebenso wie das „Hängerchen" nach einem Schnittmuster aus der Frauenzeitschrift „Annabelle" geschneidert. Unter dem Hütchen hängen meine langen, dicken, dunklen Zöpfe hervor, in die offensichtlich all meine Wachstumsenergie und Substanz geflossen ist. Sie sind Mutters ganzer Stolz, mit Hingabe hat sie sie straff gezöpfelt, das lose Ende mit Blümchen verzierten „Zopfschnälleli" zusammengezurrt und sie über meinem Hängerchen gut sichtbar drapiert.

Ich lutsche an einem der pinselartigen Zopfenden, obwohl Mutter es nicht gerne sieht. Aber Boxli, der unten auf dem Vorplatz steht, wird mit jedem Tritt, den ich hinabsteige, größer. Von Zeit zu Zeit dreht er den Kopf in meine Richtung. Dann sehe ich seine lange Zunge, die ihm aus dem Maul heraushängt und sich auf und ab bewegt, weil er schnauft. Seine Mundwinkel hängen herab, als hätte er zu viel Haut, so dass ich seine spitzen Zähne aufragen sehe. „Ma vegn", ruft Mutter von unten herauf, „Boxli nu fo ünguota, so komm schon, Boxli tut dir nichts!" Alle warten.

Mit der einen Hand umklammere ich das schmiedeeiserne Treppengeländer, dessen Handlauf sich über dem untersten Tritt zu einer Schnecke einrollt. Manchmal folge ich mit dem Zeigefinger den Windungen und versuche, ins Zentrum der Schneckenspirale zu gelangen. Aber je näher ich dem Zentrum komme, desto enger wird sie, und kurz vor dem Ziel quetscht die Schnecke meinen Finger erbarmungslos zusammen, so als wäre es verboten, bis in ihr Innerstes vorzudringen.

Nach einer Weile höre ich Mutter sagen: „Gainsa!" Gehen wir! Sie schiebt den Kinderwagen vom Vorplatz auf die Straße hinaus und macht sich auf den Weg. Boxli trottet neben dem Kinderwagen her und dreht mir sein Hinterteil zu. In Null Komma nichts bin ich unten, eile Mutters geblümtem, energisch ausschwingendem Sommerrock hinterher. Unterwegs spähe ich durch die kleinen Fenster, die zu ebener Erde in die Hausmauern eingelassen sind, aber ich kann nichts sehen, drinnen ist es schwarz. Eines der Fensterchen ist von einem Spinnennetz verhängt, ich suche die Spinne, aber sie ist nicht da. An einem Fensterladenpaar in der untersten Fensterreihe eines Hauses entdecke ich je ein kleines Püppchen, ein Bübchen mit kurzen Haaren und ein Mädchen mit abstehenden Zöpfchen. Es sind Fensterladenhalter, wenn ich sie herunterklappe, machen die Püppchen den Kopfstand, wenn ich sie wieder hinaufklappe, stehen sie aufrecht. Plötzlich höre ich Mutter rufen: „Ma che fesch lo? Was machst du dort? Komm endlich." Ich zucke zusammen, sage den Püppchen adieu und renne die Straße hinauf. Mutter steht mit Reto und Boxli schon weit oben.

Die Straße führt zwischen hohen, grauen Mauern stetig aufwärts. Oft hatte Mutter mich hochgehoben, damit ich über die Mauern hinwegsehen konnte, daher weiß ich, dass dahinter reihenweise Reben stehen, die aussehen, als staksten sie an ihren Stecken den Hang hinauf. Jetzt gehe ich zwischen den Mauern wie in einer Schlucht. Die eine Straßenseite liegt im Schatten, die andere noch in der Sonne. Mutter schiebt den Kinderwagen über das dunkle Schattenband, an dessen Rand graue Gräser über den Straßenbelag zittern.

Mit der Hand streichle ich das Mauergestein, es ist warm und rau. Hin und wieder begegnen meine Fingerkuppen dürren Flechten oder Moospölsterchen, die sich wie struppige, kleine Felle anfühlen. Aus den Ritzen am Fuß der Mauer wachsen gelbe, dürre Gräser, wie ich mit der Hand darüberfahre, rascheln sie. Plötzlich huscht eine Eidechse über die Mauer, ich ziehe meine Hand erschrocken zurück, die Eidechse verschwindet in einem Mauerloch. Ich stelle mich auf die Zehenspitzen und schaue ins Loch hinein, kann sie aber nicht sehen, sie ist verschwunden. Ich warte, ob sie wieder herauskommt. „Ma vegn! So komm doch!", höre ich Mutter von weitem rufen. Ich lasse die Eidechse in ihrem Loch zurück und hole das Gefährt ein, bis auf einen Sicherheitsabstand Boxlis wegen.

Da ertönt der langgezogene, tiefe Dreiklang des Postautos: „Dü-da-doo – Dü-da-doo." Mutter bleibt stehen, schiebt den Kinderwagen dicht an die Mauer heran, drängt mit der Hand Boxli gegen die Mauerwand und befiehlt mir, mich ebenfalls an sie zu lehnen, „e sto salda, und steh still." Ich gehorche augenblicklich. Die Arme leicht ausgestellt presse ich Hände und Rücken gegen die Mauer, als wolle ich mit ihr verschmelzen, und halte den Atem an. Riesenhaft schiebt sich die gelbe Wand an mir vorüber, sie scheint kein Ende zu nehmen. Endlich kommt die graue Straße wieder zum Vorschein. Ich löse mich von der Mauer, atme tief aus und wieder ein, während das gelbe Ungetüm sich bergwärts entfernt. Mutter nickt mir zu: „Bain fat. Gut gemacht." Ich bin stolz, vor dem Postauto habe ich keine Angst. Boxli stellt sich mitten auf die Straße, bellt hinter dem Riesengefährt her, bis es hinter der nächsten Straßenkehre verschwunden ist. Nur sein gelbes Dach ist noch zu sehen, wie es sich über der Mauerkante bergwärts schiebt.

Wir steigen weiter. Ich bin müde, mir ist langweilig. „Guarda, schau", sagt Mutter unverhofft und zeigt zur Straßenkehre hinauf, die vor uns liegt. Unter den Zweigen eines Gebüschs, das über die Mauer herausragt, steht ein Brunnen. Ich renne hin, klettere auf den Brunnenrand hinauf, umklammere mit beiden Armen die Brunnensäule und warte auf Mutter. Denn ich bin einmal in Zuoz in den Dorfbrunnen gefallen. Mutter nimmt mir mein Sonnenhütchen ab und hält mich am Rockzipfel fest, während ich mit beiden Händen die Wasserröhre umklammere und mich vorbeuge, um zu trinken. Vorsichtig nähere ich meinen Mund dem Wasserstrahl, er ist hart und kalt, mit zugekniffenen Augen beiße ich kleine Schlückchen heraus. Aus den Augenwinkeln sehe ich Boxli sich auf die Hinterbeine stellen, seine Pfoten auf den Brunnenrand legen und seine lange Zunge ins Wasser hängen. Ich erstarre. Mutter lacht: „Ma el ho er said. Er hat auch Durst." Ich habe keinen Durst mehr. Ich rutsche über den Brunnenrand hinunter auf die Straße und begebe mich in Sicherheit. Aus Distanz schaue ich zu, wie Mutter sich jetzt mit Reto auf dem Arm der Brunnenröhre nähert. Ich sehe, wie er mit den Händchen nach dem Wasserstrahl greift, sie zu sich heranzieht, hineinschaut, abermals nach dem Wasserstrahl greift, abermals in seine Hände starrt, immer wieder.

„Gainsa! Gehen wir!", sagt Mutter nach einer Weile wieder. Von meinen nassen Zopfquasten tröpfeln Tropfen, sie hinterlassen eine dunkle Tupfenspur auf dem hellen Asphalt, die rasch verblasst. Wir steigen weiter. Die Mauern wollen kein Ende nehmen, einmal sind sie von einem hölzernen Tor unterbrochen, zwischen den Latten hindurch kann ich eine Wiese sehen und Bäume. Unverhofft ist die Mauer zu Ende, als hätte jemand sie abgeschnitten, und vor mir liegt die Wiese mit den Bäumen. „Nuschers, Nussbäume", höre ich meine Mutter rufen. Schnurstracks stapfe ich durchs hohe Gras auf den nächsten Baum zu, die Halme streifen kitzelnd meine Beine. „Nu sun mûrs, sie sind noch nicht reif", holt mich Mutters Stimme zurück. Enttäuscht kehre ich um, mein Gesicht macht ein wenig einen „Mutsch", zum Glück kann Mutter mich nicht sehen, sie lacht mich aus, wenn ich einen „Mutsch" mache. Mit den Händen schlage ich die hohen Halme zur Seite, die sich mir auf dem Rückweg in den Weg stellen. Weit oben auf der langweiligen Straße sehe ich Mutter mit Reto und Boxli immer weitersteigen, so weit voraus sind sie mir, dass meine Beine vom bloßen Schauen wieder müde werden und meine Füße schlarpen.

Endlich bleibt Mutter stehen. Vielleicht wartet sie doch auf mich, denn sie schiebt den Kinderwagen an den Straßenrand in den Schatten einer dicken Mauer. Von weitem sieht diese aus wie ein Steinklotz, dessen Rückseite fast bis zum Baum reicht, der am Rand des Rebhanges steht. Plötzlich ist Mutter weg, nur Boxli schnüffelt noch an den Mauerecken herum. Wohin ist sie gegangen? Meine Beine beginnen wie von selber zu rennen, als wären sie plötzlich nicht mehr müde.

Wie ich beinahe oben bin, merke ich, es ist kein gewöhnlicher Mauerklotz, sondern so etwas wie ein Häuschen ohne Fenster und ohne Tür. In einer Spalte auf der Vorderseite ist eine steile Treppe verborgen, die zu einer Dachterrasse hinaufführt: oben steht meine Mutter. Sie lacht zu mir herab und macht mit dem Finger ein Zeichen, fast wie die Hexe in „Hänsel und Gretel", dass ich zu ihr hinaufkommen soll. Neugierig kraxle ich die hohen Steinstufen empor, ich kann es kaum erwarten zu sehen, was sie mir dort oben zeigen will. Ich bin enttäuscht: nur Sand und Steinchen, dürre Gräser, Blätter und Zigarettenstummel liegen da herum, sonst nichts, außer einem niederen Randmäuerchen drumherum, damit man von hier oben nicht hinunterfällt. Ich blicke fragend zu meiner Mutter auf: „Che fainsa co? Was machen wir hier?" Sie sagt nichts, schmunzelt nur und führt mich zur Ecke, wo die Zweige des Baumes, der unten am Rand des Rebhanges wächst, über die Terrasse herabhängen. „Spetta co, warte hier", flüstert sie, legt den Finger an ihre Lippen und blickt mich geheimnisvoll an. Ich schaue ihr zu, wie sie auf das Mäuerchen steigt und ihr Oberkörper zwischen den raschelnden Blättern verschwindet, bis nur noch ihre Beine darunter hervorschauen, lustig sieht es aus, beinahe so, als stehe der Baum auf zwei Menschenbeinen. „Mami!?", höre ich Retos ängstliche Stimme vom Fuß der Treppe herauf. Rasch wende ich mich um, lege meinen Finger, Mutter nachahmend, an die Lippen: „Psst! Mami ist im Baum."

Ich biege den Kopf weit in den Nacken und spähe blinzelnd zwischen den in der Sonne flirrenden Blättern nach ihr. Aber ich kann sie nicht sehen, sobald ich meine Augen ein Spältchen weit öffne, schießen Strahlenpfeile hinein, so dass sie sich von ganz alleine wieder schließen. „Was macht Mami dort oben?" „Ritin, pigla!, nimm!" flüstert sie plötzlich aus dem Baum heraus und streckt ihre Hand zwischen den untersten Zweigen hervor. Ich stelle mich auf die Zehenspitzen und strecke ihr meine Hände, Handballen an Handballen zu einem Körbchen geformt, entgegen. Was Mutter hineinlegt, kann ich nicht sehen, aber ich spüre es: glatte, warme „Culinas", Chugeli –, Kirschen? „Tegna bain. Halte sie gut fest", raunt Mutter mir zu. Ich umklammere sie ganz vorsichtig mit den Fingern, nehme meine Hände wieder herunter und schaue hinein. Es sind Kirschen, schwarze, glänzende Kirschen mitsamt den Stielen, solchen mit nur einem Stiel und Zwillingspaare, sogar Drillinge. Ich mustere die Zwillinge, die schönsten ohne Würmer werde ich mir als Ohreplämpel über die Ohren hängen, wenn ich den Kopf schüttle, tätscheln sie meine Wangen.

Ich starre in den Baum hinauf und warte ungeduldig darauf, dass Mutter herunterkommt. Endlich geht ein Zitterrauschen durch die Blätter, Mutters Beine auf dem Mäuerchen knicken ein, gehen in die Hocke und unter dem Baum kommt Mutter hervor. „Attenziun, Achtung!", ruft sie. Ich weiche ein paar Schrittchen zurück und schaue zu, wie sie auf die Terrasse herabspringt. Ihr Sommerrock entfaltet sich wie ein geblümter Schirm. „Mami!", ruft Reto von der Straße herauf. „Retoin, I vegn, ich komme gleich", ruft Mutter hinab. Ich kann hören, wie er mit dem Kinderwagen wippt.

Mutter zeigt mir die Kirschen in ihren Händen, es sind ganz viele, dazu macht sie ganz schmale Augen und blinzelt mir zu. Ich zeige ihr meine Kirschen und frage: „Darf ich Ohrplämpel haben?" Mutter presst ihre Lippen zusammen und stülpt sie ein wenig nach innen, als wolle sie sie im Mund verstecken, damit sie das Geheimnis nicht verraten: Sie hat die Kirschen vom Baum gestohlen, auch für mich. Stehlen ist verboten, sagt sie sonst immer mit strengem Gesicht, jetzt lächelt sie aber. Meine Freundin Luzia und ich stehlen manchmal Schokolade, obwohl es verboten ist. Wir schleichen im Laden ihrer Eltern die Kellertreppe hinab, verstecken uns im Lagerraum und löschen das Licht, damit uns niemand sieht. Dann stehlen wir aus den Schachteln, die auf den Regalen stehen, die Schoggistängeli. Luzia sagt: stibitzen. Ich schaue die Kirschen in meinen Händen an, vielleicht sind sie auch nur stibitzt und nicht richtig gestohlen. Mit einem Mal ist mir, als wäre Mutter gar nicht mehr so, wie sie immer ist, sondern ein wenig wie Luzia, und ich wie Mutters Freundin. Wir haben jetzt ein Geheimnis, das wir niemandem verraten dürfen: Wir haben zusammen Kirschen stibitzt.

Jenes Ereignis hat sich mir unauslöschlich in meiner Kinderseele eingebrannt.

Was danach geschah, ob wir die Kirschen gleich auf der Terrasse, im Schatten unter dem geplünderten Baum gegessen haben? Ob wir sie in Mutters Tasche versteckt und uns erst später in sicherem Abstand zum Tatort unter einem ahnungslosen Nussbaum über sie hergemacht haben? Ob Mutter für meinen kleinen Bruder Reto die Kirschsteine herausgenagt und ihm nur das lila-weiße Fruchtfleisch hingestreckt hat, damit er sich an den harten Kernen nicht verschluckt? Ob Mutter und ich diese lustvoll in hohem Bogen übers Gras hinweg gespuckt und ihnen nachgeschaut haben, wessen Kirschstein das Wettspucken wohl gewinnen würde? Ob ich mein Sonnenhütchen vom Kopf genommen und mich vergnügt mit den beiden schönsten kugeligen Zwillingskirschen als pendelnde Ohrgehänge geschmückt habe? Ob Mutter die „Tschireschas" mit nach Hause genommen und zu einem Kompott verkocht hat, weil man nach roh genossenen Kirschen kein Wasser trinken durfte, da man davon eine Blinddarmentzündung bekam? Ob wir die gestohlenen Kirschen erst zu Hause gegessen haben und wie die noblen Leute die Kirschsteine zwischen unseren zusammengekniffenen Lippen mit der Zungenspitze hinausschoben, um sie mit einem lautlosen „pf" manierlich in ein Teelöffelchen zu schubsen? Eine Fertigkeit, die Mutter mich gelehrt hat, nachdem sie selber von ihrer ältesten Schwester, die Köchin in einem Nobelhôtel am Thunersee gewesen war, in die Finessen gehobener Esskultur eingeweiht worden war? Daran kann ich mich nicht erinnern.

Schelbert Karin

Warzone

„Verdammt! Ist das heiß!", reklamierte der Teenager.

„Jetzt hab dich nicht so. Wir sind bald fertig und dann können wir einen Happen essen gehen", schmunzelte der ältere Herr.

Marwan hatte ihm versprochen, mit seinem Haus zu helfen, um im Gegenzug eine warme Mahlzeit zu erhalten. Das Haus oder wohl eher Häuschen war schwer demoliert worden von den vielen Bomben und der alte Mann wollte das Dach flicken, bevor es die Chance hatte einzustürzen.

„Warum wollen Sie es überhaupt reparieren? Es hat keinen Zweck. Es ist nur eine Frage der Zeit, bis sie uns wieder bombardieren", fragte Marwan, als sie die letzte Stütze stellten.

„Nun ja, es ist das Einzige, was mir noch geblieben ist", erklärte der Mann.

„Wollen Sie denn nicht wie die anderen weiterziehen?"

„Du meinst die Sicherheitszone im Norden?"

„Genau. Von da wäre es nicht mehr weit bis zur Grenze", sagte Marwan und wischte sich den Schweiß von der Stirn.

„Ach, für solche Reisen bin ich viel zu alt."

„Aber dann werden Sie hier sterben."

„Ich freue mich, dass du dich um mich sorgst, junger Mann, aber ich bin zu müde, um wegzulaufen. Ich habe es akzeptiert. Unsere Welt ist aus den Fugen geraten und die Zukunft liegt in den Händen der Jugend. Sie wird es bestimmt besser machen als wir."

Die letzte Stütze hatte endlich ihren Platz eingenommen und die Arbeit war getan.

„Glauben Sie wirklich, dass meine Generation es besser machen wird?", fragte Marwan und trank einen Schluck Wasser aus einer Karaffe.

„Krieg wird es immer geben, solange man nicht aus den Fehlern der Vergangenheit lernt. Deine Generation wird sicher in Frieden leben können, wenn ihr älter seid", sagte der Mann.

Seine Haare waren schon grau und die Falten in seinem Gesicht ähnelten Kratern und dennoch hatte er ein sanftes Lächeln, das Marwan sofort berührte.

„Ich wünschte, ich könnte auch so positiv in die Zukunft blicken", dachte Marwan.

„Nun denn, es ist Zeit, dass ich dich bezahle, junger Mann. Wie wäre es, wenn wir gemeinsam zur Essensausgabe gehen? Ich habe zwei Karten", offerierte der Alte.

„Ich muss zugeben, dass ich am Verhungern bin, aber brauchen Sie die Karten nicht für sich selbst?"

„Na na, du hast mir geholfen und dir diese Mahlzeit redlich verdient."

Marwan wusste, wie hart es war, an solche Karten zu kommen. Das Militär teilte sie zwar aus, aber es wurde oft darum gestritten. Manchmal wurden Leute sogar dafür getötet. Essen war rare Ware in der Kriegszone, vor allem für Zivilisten.

Gemeinsam machten sie sich auf den Weg zur Essensausgabe. Sie wurde natürlich auch vom Militär beaufsichtigt, sodass kein Essen gestohlen werden konnte. Die Straße bestand nur aus festgetretenem Staub und alle Häuser, an denen sie vorbeigingen, waren schwer beschädigt. Manche waren nur noch Schutt und Asche. Marwan war traurig, seine Stadt in solchem Zustand zu sehen. Die Ruinen spiegelten das Elend des Krieges wider. Viele Menschen waren obdachlos und noch viele mehr waren am Verhungern. Täglich wurden Leichen aus den Trümmern geborgen und hinter der Stadt verbrannt. Männer, Frauen und Kinder fielen dem Krieg zum Opfer. Der Tod machte keinen Unterschied, wenn er die Menschen zu sich holte.

„Habe ich das richtig verstanden? Du willst in den Norden gehen?", fragte der Alte plötzlich.

Ein paar schreiende Kinder rannten an ihnen vorbei und Marwan sehnte die unbeschwerte Zeit seiner Kindheit zurück.

„Ja, eine Gruppe verlässt das Dorf bei Einbruch der Nacht", erklärte der Teenager.

„Verstehe. Dann werden wir uns wohl heute das letzte Mal über den Weg laufen." Plötzlich klang der Alte traurig.

„Wer weiß? Vielleicht sehen wir uns ja wieder."

„Das wäre schön."

Es wurde schon dunkel, als Marwan aus seinem Unterschlupf kroch. Er hatte seine Habseligkeiten in einem kleinen Beutel über seine Schulter geschwungen und machte sich auf den Weg zum Treffpunkt. Die Luft war immer noch heiß, aber die Nacht würde ihnen helfen, unbemerkt davonzuschleichen.

„Ich werde es schaffen. Ich werde diesem Elend entkommen", dachte Marwan, als plötzlich eine Stimme seine Aufmerksamkeit erregte.

„Komm schon, Kleine. Gib mir die Karte." Marwan erkannte zwei Männer in der Dunkelheit einer Gasse, die ein kleines Mädchen bedrängten.

Er wusste, er sollte sich da nicht einmischen, aber sein Beschützerinstinkt hatte andere Pläne.

„Hey, was macht ihr denn da?", sagte der junge Mann mit fester Stimme, als er auf die Männer zulief.

„Ich wüsste nicht, was dich das angeht", erwiderte der eine.

„Lasst das Mädchen in Ruhe."

„Und was, wenn nicht?" Beide Männer fingen an, in schallendes Gelächter auszubrechen.

Marwan hatte keine Angst. Er wusste, dass er stärker war. Schon seit er ein Kind war, hatte er einen sehr kräftigen Körper und diese zwei spindeldürren Männer hatten keine Chance gegen seine geballte Kraft.

„Ich warne euch. Lasst sie gehen", sagte er in einem ruhigen Ton.

Plötzlich zückte einer ein Messer und lief auf ihn los. Die Sache war zu Ende, ehe sie richtig starten konnte. Marwan schlug ihm gekonnt das Messer aus den Händen und packte ihn am Kragen.

„Letzte Warnung! Verschwindet, bevor ich Kleinholz aus euch mache." Marwan stieß den Mann grob von sich weg. Er war schon öfter in eine solche Situation geraten und hatte Erfahrung mit miesen Räubern. Ohne ein weiteres Wort rannten die zwei Möchtegern-Gangster davon. Sie waren so in Panik, dass sie einander anrempelten und zu Boden fielen.

„Idioten", murmelte Marwan und wandte sich an das weinende Mädchen.

Die Essenskarte lag vor ihr auf dem staubigen Boden und der Teenager hob sie auf.

„Ich glaube, die gehört dir", lächelte Marwan und hielt ihr die Karte hin.

Das Mädchen schaute ihn nur mit ängstlichen Augen an.

„Keine Angst. Ich tue dir nichts."

Marwan probierte, möglichst harmlos auf sie zu wirken, und hockte sich vor ihr hin. „Wie heißt du denn?"

„Y-Yael", stotterte das Mädchen.

„Yael also. Du solltest so spät nicht alleine unterwegs sein. Wo sind deine Eltern?", fragte Marwan und wusste die Antwort schon. Dafür musste er nur Yaels Gesichtsausdruck deuten. Das Mädchen schaute weg, als erneut Tränen über ihr Gesicht liefen. Marwan schaute sich um. Er war schon viel zu spät dran, aber trotzdem konnte er das Mädchen nicht einfach seinem Schicksal überlassen.

„Mein Name ist Marwan. Wie wäre es, wenn ich von jetzt an dein großer Bruder wäre? Wir könnten gemeinsam die Stadt verlassen, um uns ein besseres Leben zu suchen", sagte der Teenager und zum ersten Mal sah er Hoffnung in Yaels Augen.

„Das wäre toll", lächelte das Mädchen.

„Also gut, dann musst du jetzt mit mir kommen. Ich werde dich beschützen."

Marwan streckte seine Hand aus. Für einen Moment zögerte Yael, bevor sie seine Hand ergriff.

„Wir müssen uns etwas beeilen", sagte Marwan und hob das Mädchen mit Leichtigkeit hoch. Er rannte, mit Yael im Arm, zu dem Treffpunkt und hoffte, die Truppe war nicht ohne ihn los. Erleichtert atmete er auf, als er die wartenden Menschen sah.

„Mensch Marwan. Wo bleibst du denn? Wir wollten schon lange aufbrechen", sagte eine der Frauen, als er zur Gruppe stieß.

„Es tut mir leid. Ich musste mich noch um etwas kümmern", erwiderte er etwas außer Atem.

„Und wer ist die Kleine?", fragte dieselbe Frau.

Marwan kannte sie vom Gemüsemarkt. Früher hatte er dort mit seinen Eltern Waren verkauft und ihr Stand war direkt neben dem der Frau. Aber das war schon lange her und seine Eltern waren bereits seit einigen Monaten tot.

„Ich habe sie auf dem Weg aufgegabelt", erklärte er.

Die Gemüsehändlerin wollte schon etwas erwidern, als eine feste Stimme sie unterbrach.

„Wie ich sehe, sind alle anwesend. Dann geht es jetzt los", sagte der Anführer.

Er war ein großgewachsener, schlanker Mann mit dicken schwarzen Locken. Sein Name war Amar. Er hatte die Truppe zusammengeführt und wollte sie nun in den Norden leiten. Es hieß, er sei früher ein fahrender Händler gewesen und das sei der Grund, weshalb er sich so gut auskannte mit alten Schleichwegen. Marwan wusste es besser. Amar war nichts als ein Räuber gewesen. Er hatte fahrende Händler überfallen und sich so bereichert. Trotzdem war er der Einzige, der wusste, wie man aus der Kriegszone entkommen konnte. Marwan musste ihm wohl oder übel vertrauen. Die Leute setzten sich in Bewegung und Marwan folgte ihnen als Schlusslicht. Yael hielt fest seine Hand, als sie über den Wüstenboden Richtung Norden die Stadt hinter sich ließen. Marwans Herz klopfte laut in seiner Brust vor Aufregung. Er hatte es geschafft, den ersten Schritt in eine bessere Zukunft zu machen. Nur war er nicht alleine, so wie er es angenommen hatte. Yael würde ihn begleiten und das machte ihm Mut. Er würde alles daran setzen, dass die Kleine ein besseres Leben haben würde.

Die Gruppe hatte schon ein ganzes Stück zurückgelegt und die Stadt lag in weiter Ferne, als laute Geräusche von einem Kampfjet die Stille zerrissen. Marwan drehte sich um und sah gerade noch, wie die Bomben auf die Stadt niederregneten. Grelles Licht von den Einschlägen erhellte die Nacht. Rauch stieg auf und Feuer breitete sich über noch vorhandene Häuser aus. Tränen liefen über Marwans

Gesicht, als er zusah, wie seine Stadt niederbrannte. Er musste an den alten Mann denken.

„Ich habe ihn nicht mal nach seinem Namen gefragt", dachte er. Das Feuer würde ihn verschlingen und er würde in Vergessenheit geraten wie alles, das vom Krieg zerstört wurde. Plötzlich zerrte etwas an seiner Hand.

„Marwan, wir müssen gehen. Die anderen sind schon weiter."

Er hörte Yaels Stimme kaum, als noch mehr Bomben auf die bereits brennende Stadt herabfielen.

BIOGRAFIE

Karin Schelbert, geboren 1997, hat eine abgeschlossene Lehre als Malerin. Dennoch interessiert sie sich sehr für Bücher und Geschichten. Deshalb geht sie ihrer Leidenschaft, Geschichten zu schreiben, als Hobbyautorin in ihrer Freizeit nach.

Schmidt Ara

Gedichte, Kurzgeschichten

Sommertag

Hier ist der Sommer rosa und rot
mit Sprenkeln von Blau
in all dem Grün.
Weiter oben am Weg
duftet's rosig und weiß über dem Kies
und ein köstliches, leichtes Parfum
hüllt Mensch ein
und Hummeln und Bienen.

Biegsame, zierliche Stängel wiegen
zarte, weiße Blüten,
taumelnd wie Schmetterlinge.
Einem Kolibri gleich sirrt der Falter,
der Kleine, an einer Blüte,
mit seinem Rüssel den Nektar saugend.
Beschwingtes Gezwitscher hoch in den Zweigen
und Brummen und Summen zwischen all den Düften.

Zögernd, begehrlich, hüpft an das Becken
ein Paar junger Meisen
und traut erst der Stille, wenn sie lang genug dauert.
Zwei Köpfe tunken die kleinen Schnäbel
ins Nass und zucken
zurück bei der kleinsten Regung.

Gleißendes Licht strahlt
vom sattblauen Himmel,
lässt schneeweiße Wölkchen leuchten.
Am westlichen Horizont plustern
sich Quellwolken auf,
und ballen sich schwarz an den Rändern.

Die Erde ist trocken und staubt.
Bis zum Abend welken die Blätter
und hängen erschlafft an Stängeln und Ästen.
Blüten schaffen es nicht,
sich voll zu entfalten,
kümmernd unter dem heißen Licht.
Da – gefolgt von gewaltigem Donner – ein Blitz
und schon rauscht der Regen.

Akelei

Akelei, wie leicht und zierlich
wiegt der Wind sie in der Wiese.
Glänzend weiß und rosig hell,
blau auch über Gräserblüten.
Wie ein Schaum aus Elfenhüten.

Puccini hat 'nen Vogel

Spiegelglatt, der Lago di Massacciuccoli. Spiegelglatt und von einem gleißenden Silbergrau, mehr Silber als Grau. In der Mitte auf der Wasserfläche ein warmer Reflex in Hellorange: die Sonne, die in der blendenden Helligkeit am Himmel kaum auszumachen ist.

Ruhig die Mittagszeit. Hinter den geschlossenen Blenden vor den Fenstern der Häuser wird wohl in den halbdunklen Räumen zu Mittag gegessen, bevor man sich für eine ausgedehnte Siesta hinlegt, im Haus oder auf der schattigen Gartenterrasse. Kaum ein Geräusch zu hören. Wenn jemand unterwegs ist, ist er Tourist. Aber selbst die sind überwiegend verschwunden.

Einige halblaute Stimmen aus dem Garten der Puccinivilla. In einer Viertelstunde wird auch hier Mittagspause sein und die letzten Vormittagsbesucher verlassen allmählich das Anwesen. Es waren nicht übermäßig viele Besucher gewesen heute Vormittag, also für die, die da waren, angenehm. Man hatte schon mal einen Raum für sich allein und konnte sich als Hausherr fühlen in dem angenehmen, wie in allen Häusern abgedunkelten, sehr privat wirkenden Ambiente. Fotos von Puccini überall auf den Borden und kleinen Salontischchen. Ein schöner Mann, schlank und groß, im Anzug mit Hut oder in Jagdkleidung, ein Gewehr in der Hand. Ein geöffneter Flügel, wie eine Einladung, sich daran zu setzen, aber „si prega di non toccare", bitte nicht berühren. Keine Einladung.

Von der Villa sind es nur ein paar Schritte bis zum Seeufer. Die schattenlosen Bänke vor dem Schilfgürtel sind unbesetzt. Jetzt ist nicht die Zeit, in der Sonne zu sitzen. Überhaupt ist heute kein Tag für Besichtigungen, so wenige Kilometer vom Meer entfernt.

Wer jetzt nicht zu Hause die Ruhe sucht, liegt am Strand. Vornehmlich Touristen, aber auch Italiener, die die Mittagspause ihrer Arbeitsstelle dazu nutzen, ihre Sommerbräune zu vertiefen. Sehr hübsche, junge Frauen liegen in abenteuerlichen Stellungen auf ihren Strandmatten, die Ränder ihrer Bikinihöschen, soweit es eben geht, hochgerollt, um eine annähernd nahtlose Bräune zu erreichen, ohne die Grenzen der Schicklichkeit zu verletzen. Naja. Sie ernähren sich von zerkleinertem Obst, gerollten Schinkenscheiben, Käsestückchen und Ähnlichem aus verschließbaren Behältern, bis sie, lange bevor die ersten Touristen gehen, zusammenpacken und den Strand verlassen, um an ihre Arbeitsstellen zurückzukehren. Für sie wird das Strandleben weitergehen um 5 oder 6 Uhr, nach der Arbeit, wenn die Touristen in ihre Hotels und Ferienhäuser aufbrechen. Und sie werden mit großem Hallo Kolleginnen und Kollegen treffen, ein entspannendes Bad im Meer nehmen und noch ein oder zwei Stunden zusammen in der abendlichen Sonne liegen.

Nichts von alldem hier, am stillen Ufer des Lago, wo auch die zahlreichen Vögel im Schilf und den vielen Gartenbäumen weder zu hören noch zu sehen sind.

Weiter drüben liegt verlassen das Halbrund der Seebühne vor dem See in der Sonne. Am Abend wird hier Tosca gegeben, und man sieht auf der Bühne die Mauer der Engelsburg stehen, von der sich Tosca am Ende der Oper verzweifelt in die Tiefe stürzen wird.

Es ist Festspielzeit. Einen Monat lang werden Opern von Puccini hier in seiner Stadt auf der Freilichtbühne aufgeführt vor der zauberhaften Kulisse des abendlichen Sees. Tosca, Turandot, La Bohème, La Rondine und Mme Butterfly stehen auf dem Programm. In wenigen Stunden wird sich hier am Ufer vor der Bühne eine große Menschenmenge drängen. Opernbesucher in angemessener Kleidung, aber mit großen Picknickkörben werden durch die Eingänge strömen, ganze Familien, Kinder, Eltern und Großeltern. Und Freundeskreise, die ein abendliches Picknick veranstalten auf den Rängen des Amphitheaters, gut eine Stunde vor Beginn der Aufführung. Und die Kinder werden ebenso gebannt der Oper folgen wie die geputzten Damen mit ihren Operngläsern und die distinguierten älteren Herren, die mit der Partitur auf den Knien mehr oder weniger deutlich mitdirigieren werden.

Aber noch keine Spur davon zu dieser Mittagsstunde. Immer noch ist alles ruhig und still.

Wenige Meter von der Bühne entfernt, auf einer hölzernen Terrasse, das Restaurant, das am Abend die Gäste verwöhnen wird, die kein Picknick mitgebracht haben. Ein großer, verglaster, sechseckiger Pavillon schützt die Bar und das Vorspeisenbuffet. An den gläsernen Wänden Tische mit Seeblick, ebenso wie außen auf der Terrasse. Glyzinien ranken an den Streben zwischen den Glasscheiben hoch und bunte Glaslaternen beleuchten die Szenerie nach Sonnenuntergang. Einige wenige Personen sitzen an Tischen vor dem Seegeländer, um eine Kleinigkeit zu essen oder etwas zu trinken. Nichts verrät den Rummel, der hier in kurzer Zeit losbrechen wird.

Immer noch ist die Seepromenade beinahe menschenleer. In der Mitte einer kleinen, blumenbepflanzten Anlage steht Giacomo Puccini in Bronze, im Gehrock und mit Hut, wie er ihn auch auf vielen Fotos in seiner Villa trägt. Er schaut hinaus auf den stillen, in der hellen Hitze flirrenden See und die Apuanischen Berge dahinter, auf leise dümpelnde kleine Boote und er scheint dieser mittäglichen Stille zu lauschen. Und da plötzlich, wie aus dem Nichts aufgetaucht, sitzt ein kleiner Vogel auf seiner ehernen Hutkrempe, wippt mit seinem langen Schwanz, als müsse er noch sein Gleichgewicht finden nach dem brüsk gestoppten Flug. Sein kleiner Kopf zuckt und verharrt dann schräggelegt, den Blick unverwandt auf die Stirn des Komponisten gerichtet. Welchen Melodien auch immer er durch diese Stirn hindurch lauschen mag, so bleibt doch für den Moment unbestreitbar:

Puccini hat 'nen Vogel.

Schneider F. Astrid

Der Mann im Spiegel

„Guten Tag."

Verdutzt drehe ich mich um und blicke in ein freundliches Gesicht mit Bart und dunkelbraunen Augen.

„Guten Tag." rutscht es dem Autopiloten in mir raus.

„Kennst du den?" Silkes Augen funkeln vor Neugier. „Guten Tag" klingt irgendwie altmodisch."

„Der wirkt aber gar nicht altmodisch." Ich mustere ihn etwas genauer. „Eher klassisch, elegant."

„Total dein Typ, ich seh's dir an. Soll ich ihn fragen, ob er sich zu uns setzen will?"

„Ach, was du immer denkst. Ich bin vergeben, schon vergessen?" Mir wird warm ums Herz und Marcos Berührungen von heute Morgen jagen einen Schauer der Lust über meinen Rücken. „Ich bin glücklich."

„Du bist vielleicht glücklich, aber Marco ist es nicht. So wie der durch die Gegend flirtet, könnte man meinen, er sei Single. Irgendwann löst er die Verlobung auf und bricht dir das Herz."

Gekränkt ziehe ich mich in meine innere Welt zurück. Leider hat Silke recht. Ganz tief in mir drin weiß ich das auch, aber ich möchte es nicht wahrhaben. Ich liebe nicht nur ihn, sondern auch das ganze Drumherum. Seine Geschwister, die wunderbaren Familienfeste und ganz besonders meine zukünftige Schwiegermutter. Seit dem Tod meiner Mutter füllt sie diese große Lücke. Sie ist immer für mich da, so wie für alle anderen aus der Familie auch. Sie spendet Trost, Zeit und hat immer gute Ratschläge parat. Ich verbringe gerne Zeit mit ihr. Dieses Jahr schmücken wir sogar gemeinsam den Weihnachtsbaum, eine große Ehre in der Familientradition der Wagners.

Seit ein paar Tagen schon fotografiere ich geschmückte Bäume als Inspiration. Hier im Cappuccino Kaffee steht einer der festlichsten, direkt neben dem Kamin mit seinem großen, goldgerahmten Spiegel.

„Na, hab ich dir zu viel versprochen? Tolles Ambiente, oder?"

Silke strahlt und zieht mich in eine kleine Nische. Sie fletzt sich auf die Eckbank und ich lasse mich in den roten Samtsessel sinken, streichle die weichen Armlehnen und freue mich über ein bisschen Zeit mit meiner besten Freundin. Gemeinsam studieren wir die Kaffeespezialitäten und entscheiden uns für Cappuccino mit einem Schuss Eierlikör. Wir haben uns länger nicht gesehen und es gibt viel zu erzählen. „Hey, warte mal einen Moment. Ich brauche noch ein paar Bilder von diesem Prachtexemplar." Ich deute in Richtung Weihnachtsbaum, zücke mein Handy und knipse drauflos. Silke kringelt sich vor Lachen. „Ich glaube, der Mann mit Bart hat sich angesprochen gefühlt. Na, was meinst du, wollen wir?" Silke steht auf und schnappt sich ihren Mantel.

„Wir müssen noch bezahlen."

„Das hab ich doch schon längst erledigt." Silke rollt mit ihren akkurat geschminkten Augen. „Ciao, Süße."

Küsschen links und Küsschen rechts, weg ist sie.

Es nieselt, und ich schlendere durchs kühle Nass nach Hause. Ich mag, wie diese kleinen durchsichtigen Tropfen mein Gesicht erfrischen, vielleicht werden meine Gedanken dadurch ja auch wieder klar?

„Du bist spät dran!" Marco mustert mich wütend, „in fünfzehn Minuten müssen wir los." In Windeseile föhne ich mir die Haare, ziehe mich um und mache mich fertig. „Immer muss ich auf dich warten! Auf jetzt." Gehetzt setzen wir uns in seinen Sportwagen. Mit einem Ruck fährt er los, schneidet die große Kurve, und obwohl ich angeschnallt bin, muss ich mich an meinem Sitz festhalten. Ich versuche, meine Angst und Übelkeit wegzuatmen. „Was ist denn eigentlich der heutige Anlass für das Geschäftsessen?"

„Hörst du mir denn gar nicht mehr zu? Seit Tagen rede ich von nichts anderem. Wir feiern den Amerika-Deal. Das katapultiert uns in die ganz große Liga." Mit einer Vollbremsung hält er vor dem

Hoteleingang und schmeißt dem Portier den Schlüssel zu. Er packt meine Hand und zieht mich mit eiligen Schritten an die Hotelbar. Das enge kleine Schwarze und meine Stilettos bringen mich fast zu Fall. Teilnahmslos überstehe ich den langweiligen Abend und freue mich auf mein kuscheliges Bett und eine ruhige Nacht.

Frühstückschaos. Wie immer hat Marco mir das überlassen. Normalerweise würde ich das sofort erledigen, aber heute nehme ich mir erstmal Zeit für meine Fotos. Als Erstes zoome ich in die Bilder von gestern. Der Spiegel mit seinem antiken Rahmen hat es mir echt angetan, vergoldet, ornamentiert und blitzeblank. Und, ich zoome noch weiter rein, da schaut mich dieses freundliche Gesicht mit Bart und braunen Augen schon wieder an – musternd und fesselnd irgendwie, ich kann gar nicht wegsehen. Irgendetwas triggert mich. Was wäre, wenn der fremde Mann im Spiegel meine große Liebe wäre? Schnell schiebe ich diesen Gedanken zur Seite. Marco hat schon öfter vom Heiraten gesprochen, das möchte ich nicht durch eine sinnlose Schwärmerei gefährden, auch wenn seine momentane Handy-Geheimnistuerei mich immer wieder an seinen Motiven zweifeln lassen.

Weihnachten eilt mit großen Schritten heran, mittlerweile bin ich fast jeden zweiten Tag im Cappuccino Kaffee, in der Hoffnung, den Mann im Spiegel wiederzutreffen. Der Oberkellner kennt mich mittlerweile, grüßt freundlich und behandelt mich bevorzugt. „Heute wieder einen Milchkaffee extra heiß?" Wir lachen, ich nicke, wissend zwinkert er mir zu. Wenig später stellt er mir einen wunderbar duftenden Becher vor die Nase, den meine Finger wohlig umschließen. Er grinst zufrieden. „Ich habe ihn angewärmt und eine ganz kleine Prise Zimt drübergestreut." Neugierig blickt er mich an. Ich schließe für einen kurzen Moment die Augen, „Dankeschön," und lasse das Aroma auf mich wirken. Stolz lächelt er mich an. Ohne groß nachzudenken, zücke ich mein Handy, „darf ich Sie etwas fragen?" Ich zeige ihm das Bild von dem Mann im Spiegel. „Ist das vielleicht ein Stammgast hier?" Er schaut nur ganz kurz hin. „Nein, leider nicht," und wendet sich pikiert seinen anderen Gästen zu. Ich schäme mich und wünschte mir, ich hätte nie gefragt. Gedankenverloren flaniere ich nach Hause, vorbei an weihnachtlichen Fensterfronten. Vor der Galerie bleibe ich stehen. Es ist nur ein Bild ausgestellt, aber das nimmt die ganze Fassade ein. Es ist abstrakt und erinnert mich an Weihnachten mit meiner Mama. Das muss ich haben.

„Sie haben einen exklusiven Geschmack. Das ist ein echter Harrisson." Die Galeristin blickt anerkennend auf meine Designer-Schuhe. „Wenn Sie sich dafür entscheiden, wird der Künstler selbst die Übergabe arrangieren. Er möchte wissen, bei wem seine Babies ein Zuhause finden. Jedes Gemälde wird übrigens in einer festlichen Zeremonie getauft und bekommt einen Namen, und natürlich gibt es dann auch eine Geburtsurkunde." „Das ist ja originell." Ehrfürchtig schaue ich mich um. „Was kostet denn so ein echter Harrisson?" „Die Kleinen fangen bei dreitausend Euro an, nach oben gibt es keine Grenze. Schauen Sie sich doch gerne ein bisschen um." Die Farben ziehen mich regelrecht in die hinteren Räume der Galerie hinein. Ich vergesse Zeit und Raum. Meine Versuche, etwas in die Bilder hineinzuinterpretieren, scheitern. An einem sehr kleinen Bild bleibe ich hängen. Es sieht aus wie ein Dekolleté mit einer feinen Goldkette, die ein schlichter Diamant ziert. Ich fasse an meinen Hals und berühre das kostbare Andenken an meine Mutter. „Gefällt es Ihnen?" Die Stimme der Galeristin reißt mich aus meinen Erinnerungen. „Sein neuestes Werk, er hat es gestern erst gebracht." Ich betrachte es noch genauer. „Was soll es denn kosten?" „Dieses Kunstwerk ist so frisch, dass es momentan weder Namen noch Preis hat. Kommen Sie mit nach vorne, dann schreibe ich mir Ihre Telefonnummer auf und informiere Sie, sobald ich das abgeklärt habe." In meinem Kopf jongliere ich meine Ersparnisse hin und her, dann notiere ich meine Daten auf einem Formular der Galerie und verabschiede mich. Es hat aufgehört zu nieseln. Ein Auto hupt und mein Blick fällt auf einen alten Geländewagen. Der Fahrer trägt Bart, aber auf die Schnelle kann ich nicht viel mehr erkennen. Auch das Nummernschild kann ich nicht entziffern, sonst hätte ich den Mann mit Bart vielleicht über diesen Weg ausfindig machen können? „Ich muss verrückt sein!"

Diese „Mann mit Bart"-Geschichte steigt mir zu Kopf. Zu Hause erwartet mich der übliche Abend mit Marco und eine gesicherte Zukunft. Er schaut seine Lieblingsserie zum Runterkommen und ich bediene ihn mit fantastischem, selbstgekochtem Abendessen, Ordnung und Fürsorge. Unser Zusammenleben hat sich eingespielt und obwohl ich mir ziemlich sicher bin, dass er eine Affäre hat, glaube ich nicht, dass er mich deswegen verlassen würde. Ich glaube, er hält aus denselben Gründen an unserer Beziehung fest wie ich, es ist wohl eher das Drumherum. Diesen Gedanken nehme ich mit ins Bett, aber die „Mann mit Bart"-Fantasie lässt mich nicht los, ich träume sogar davon und beschließe, am Nachmittag noch ein letztes Mal in das Cappuccino Kaffee zu gehen. Als ich mich fertig mache, klingelt das Telefon. Die Galerie.

„Sie haben Glück, der Künstler ist in Weihnachtsstimmung, der Preis liegt bei eintausendsechshundert Euro. Möchten Sie es haben?" Ich muss gar nicht lange überlegen. „Ja, sehr gerne. Wann kann ich es denn adoptieren?" Wir lachen, sie räuspert sich. „Ich setze mich mit Harrisson in Verbindung, meistens gibt er drei Termine vor, einer passt bestimmt. Der Betrag müsste aber vor der Übergabe auf unserem Konto sein."

„Das kriege ich schon hin."

Drei Tage vor Weihnachten ist dann endlich so weit, die Vorfreude auf das Bild, Geschenke einkaufen, diverse Weihnachtsfeiern und natürlich das Baumschmücken mit Marcos Mutter hatten meine „Mann mit Bart"-Obsession tatsächlich verdrängt, jetzt in der Galerie ist es ganz still. Es riecht nach Weihnachten, ich entdecke eine Schale mit Lebkuchen auf dem Tresen. Die Galeristin kommt mit einer Flasche Piccolo aus einem der Hinterräume. „Oh, wie schön, dass Sie schon hier sind. Harrisson wird auch gleich da sein." Ich setze mich auf eine Bank vor ein extragroßes Gemälde und lasse die Farben auf mich wirken, die irgendwie mit meinen Gedanken und Erinnerungen verschmelzen. Ich spüre eine Hand auf meiner Schulter. „Es ist so weit, darf ich vorstellen? Harrisson, der Vater Ihres Kunstwerks." Verdutzt drehe ich mich um und blicke in ein freundliches Gesicht mit Bart und braunen Augen …

BIOGRAFIE

ASTRID F. SCHNEIDER
Geb. 1968, studierte Sprache und Design in Paris. Arbeitete und lebte 15 Jahre in den USA. 2008 gründete sie www.lifebalanceliving.de
Seit 2018 schreibt sie Kurzgeschichten, Liebeslabyrinth Band 1 erschien im April 2024, Band 2 ist in Arbeit.
Instagram: @astrid.f.schneider.autorin

Sendner Hartwig

Ein Buch für Selbstdenker

Haben Sie sich schon mal gefragt, wieso denn das Wetter in unserer heutigen Gesellschaft so wichtig geworden ist, sodass wir gefühlt die Hälfte der Zeit nur darüber diskutieren? Früher gab's auch Wetter. Wir nannten damals heiße Tage „Sommer", nannten Starkregenereignisse „Wolkenbruch" und ansonsten haben wir das Wetter eben so hingenommen, wie es eben war. Wir haben uns über den kurzen Sommer gefreut und durch eine Reise in den Süden versucht, diesen zu verlängern. Damals gab es Lieder wie „Wann wird's mal wieder richtig Sommer?", die dieses Thema lustig, aber eben auch fatalistisch angegangen sind.

Seit geraumer Zeit redet man öffentlich nur noch von der Klimakatastrophe. Eine öffentliche Kakophonie von apokalyptischen Weltuntergangsszenarien wird uns jeden Tag genüsslich serviert.

Erschwerend kommt jetzt noch dazu, dass man uns erzählen will, dass
1. eine Erwärmung ein schlimmes Horrorszenario ist
2. wir Menschen daran schuld sind, dass es so kommt, wie es kommt
3. und das alles absolut wissenschaftlich erwiesen ist

Der Autor dieses Buches, Hartwig Sendner, macht sich zu dieser Thematik seine eigenen Gedanken.

Der Grundgedanke zum Schreiben dieses Buches war eine sehr einfache Einsicht. Seine Frau kritisierte ihn einmal mit dem Hinweis, doch mal seinen „wissenschaftlichen Kauderwelsch" sein zu lassen und mal verständlich zu diskutieren. Er erkannte, wie falsch er doch mit der Einschätzung gelegen hatte, dass das doch jeder schon mal in der Schule gelernt haben sollte. Er, der 1968 die Realschule abschloss, versuchte sich daran zu erinnern, wie viel er wohl noch von den Fächern „Physik, Chemie" von seinem Schulwissen parat hatte. Das Ergebnis war mehr als ernüchternd. Außer, dass er sich an den Lehrer erinnern konnte und dass wohl irgendwann ein Bunsenbrenner benutzt wurde, war fast nichts hängen geblieben. So ergeht es wohl einer Mehrheit der Bevölkerung, sodass dieses Thema am Stammtisch fast gar nicht vorkommt.

Er hatte aber nach der Schule eine Lehre zum Chemielaboranten bei den damaligen „Farbwerke Hoechst" abgeschlossen, hatte dann ein Studium der „Chemischen Technologie" an der FH in Darmstadt absolviert und dann ca. 30 Jahre in der chemischen Grundstoffindustrie gearbeitet.

Durch seinen Glauben an eine „neutrale (ideologiefreie) Wissenschaft" reihte er sich anfangs in die Reihe der „Klimajünger" ein, bevor er zum „Klima-Saulus" wurde. Diese totale Wende beschreibt er in diesem Buch recht amüsant.

Um jetzt auch uns allen eine Gelegenheit zu geben, in der Materie „Klima" wissenschaftlich etwas profunder zu werden, zerlegt er mit Akribie die Behauptungen des „Goldstandards der Klimawissenschaft" – den IPCC-Sachstandsbericht Nr. 5.

Das kleine Buch ist kurzweilig zu lesen, obwohl dort alles beschrieben ist, was man als Laie wissen muss, um fundiert in diesem Thema mitreden zu können. Was man dazu braucht, ist gesunder Menschenverstand, logisches Denken und Prozentrechnung bzw. man muss den „Dreisatz" beherrschen. Während man den kurzweiligen Ausführungen des Autors folgt, kommt man zu erstaunlichen Einsichten. Natürlich spart er auch nicht mit Polemik und (fundierter) Kritik, die aber immer nachvollziehbar ist.

Dem Autor ist vollkommen bewusst, dass er mit seinen Ausführungen gerade nicht den einfachen Weg des „Glaube der Wissenschaft" verfolgt, sondern diesen Ausführungen eine gänzlich andere Sicht gegenüberstellt. Dabei geht er aber nicht den Weg, andere „wissenschaftliche Tatsachen" zu bemühen, sondern er benutzt einfach die Tatsachen, die von offizieller Stelle publiziert wurden, um anhand dieser das Faktum „menschengemachter Klimawandel" ad absurdum zu führen.

Natürlich wird dann auch der Weg der „großen Transformation", Energiewende, ... in diesem Buch klar als das bezeichnet, was es in den Augen des Autors ist: „ABSOLUT HIRNRISSIG"

Dieses Buch sollte jeder gelesen haben, der sich an der öffentlichen Diskussion beteiligen will, sich aber meist nicht traut, etwas Kritisches zu sagen, weil ja „die Wissenschaft" total klar ist und alles schon erforscht ist. Bleiben Sie misstrauisch! Nicht jeder, der sich so nennt, ist auch ein „Experte".

Teske Christine

Bitte tretet leise ein und zieht die Schuhe aus

Die Nacht hat mich mit neuen Kräften beschenkt, und erfrischt mache ich mich am Morgen erneut auf den Weg zum Flughafen, wo Detmar, der Cellist, pünktlich eintrifft. Ich habe Detmar vor einiger Zeit in Remscheid in einem Orchesterprojekt kennengelernt. Er hat dort im Sinfonieorchester zur großen Freude der Musiker sehr inspirierend die Stimmproben der Cellisten geleitet. Detmar hat jahrelang als Professor an mehreren Hochschulen gewirkt, sogar in Bogotá, sodass er auch keine sprachliche Barriere in Bolivien haben wird. Er ist in der Nacht bereits in La Paz gelandet und wollte eigentlich die Fahrt nach Santa Cruz im Bus zurücklegen. Doch davor habe ich ihn dringend gewarnt, denn es gibt vermehrt oft tagelang anhaltende Straßenblockaden, die jede Planung unmöglich machen.

Die Wiedersehensfreude ist groß, die Erschöpfung ebenfalls nach dem langen Flug. Im dunklen, feinen Zwirn mit Hemd und Jackett steht Detmar vor mir, viel zu warm für das tropisch schwüle Klima, welches ihn hier umfängt. Das müssen wir schnell ändern. Nach einem stärkenden Frühstück im Restaurant Cosmopolitano ist ausgiebiger Schlaf für Detmar angesagt, während ich eigentlich erst einmal schreiben will. Doch dann kommt alles anders: Ich habe über all den anderen Ereignissen der letzten Tage eine Einladung der Stadt Santa Cruz völlig vergessen! Heute schreiben wir den 26. Februar. Dieser Tag ist für die Menschen in Santa Cruz von großer Bedeutung, feiern sie doch den 463. Geburtstag ihrer Stadt. Einst haben die spanischen Kolonialherren die Stadt im 16. Jahrhundert gegründet. Heute hingegen ehrt man an diesem Tag die Helden, die es geschafft haben, die Stadt aus der Knechtschaft zu befreien. Man feiert die Freiheit, die Unabhängigkeit von der spanischen Vorherrschaft.

Welch eine Ehre, dass ich als einzige Europäerin geladen worden bin zu der offiziellen, feierlichen Zeremonie vor dem Regierungsgebäude der Stadt. Ich bin eigentlich gebeten worden, einige Sätze zu sagen vor all den Autoritäten, Stadtvätern, Politikern. Doch ich Unglücksrabe habe diesen Termin einfach vergessen, war nur verwundert, warum die Fahrt vom Flughafen zum Hotel so lange gedauert hat: Viele Straßen sind gesperrt, da die Innenstadt heute autofrei sein soll! Kaum bin ich im Hotel eingetroffen, geht mein Telefon. Aufgeregte Stimmen sprechen durcheinander, ich verstehe nichts, doch kurze Zeit später sitze ich im Polizeieinsatzfahrzeug, welches mich direkt vor den Regierungssitz fährt. Völlig ohne Vorbereitung finde ich mich unter dem wohlwollenden Applaus auf dem Rednerpult wieder und frage mich jetzt, während ich schreibe, wie es mir gelingen konnte, in klaren Sätzen spontan eine Botschaft zu überbringen, die mit jubelndem Beifall beantwortet worden ist. Man dankt mir für meinen Einsatz für die musikalische Bildung der Kinder und Jugendlichen in Bolivien, für die Förderung der Kunsthandwerkerschule in Urubicha, die den Frauen eine einzigartige Gelegenheit des Gelderwerbs ermöglicht. Man findet lobende Worte für meinen Einsatz für den Erhalt und Schutz des Urwaldes und nicht zuletzt für das Engagement zugunsten des Straßenkinderkrankenhauses im Hochland Boliviens. Vor allen Dingen dankt man mir für die Freundschaft, die ich mit den Menschen teile, stets auf Augenhöhe, wie man mehrfach betont. Das wünschen sich die Menschen in Bolivien vor allen Dingen: Keine Besserwisser, die von oben herab auf ihr Volk schauen und sogleich alles reglementieren wollen, ohne die Menschen zu kennen! Sie wünschen sich Brüder und Schwestern, die als Gast erst einmal sich niederlassen, zur Ruhe kommen, wahrnehmen mögen, damit sie im Übereifer nicht völlig unsinnige Dinge tun und sagen. Wahrnehmen und nicht Urteile fällen! Das wünscht man sich von uns. Armut und Reichtum! Hier lerne ich beides neu zu definieren!

Die Rede eines angesehenen Stammesältesten geht mir zu Herzen! Er beginnt seine Rede mit einem Dank, den er an mich richtet:

Dass eine weiße Frau sich für das Wohlergehen, die Freiheit, Unabhängigkeit seines Volkes einsetzt, indem sie Bildung fördert, sei ein großes Geschenk seiner alten Tage. Es sei das schönste Zeichen der Versöhnung der Völker, und Versöhnung sei doch das Zauberwort, das einzig den Frieden bringen kann.

Er geht zurück in die Geschichte, ohne Klage, aber mit einer Bitte an alle Gäste der Stadt, des Landes: „Wir heißen den Fremden willkommen, wir respektieren eure Kultur, aber bitte tretet leise ein in unser Haus. Zieht euch die Schuhe aus, beschmutzt nicht unser Land mit unreinen Gedanken! Wir haben euer Kreuz respektiert, als ihr uns unsere Kultur- und Heiligtümer zerstört habt, um eure Kirchen darauf zu setzen! Das hat wehgetan, aber wir haben nicht aufgehört, an das Gute im Menschen zu glauben. Aber wir bitten euch, respektiert auch unsere Tradition, unsere Religion. Pachamama weint, weil sie nicht mehr geehrt wird, man entreißt ihr die Schätze, man zerstört ihre Wälder, vergiftet die Flüsse, nur, um sich zu bereichern! Ein neuer Geist möge in uns einziehen. Lasst uns die Hand reichen zum Frieden! Lasst unsere Taten in Liebe geschehen und lasst uns tanzen, singen, musizieren!" Ein nicht enden wollender Applaus, die Musik setzt ein, ich werde von dem Alten zum Tanz aufgefordert, der ganze Platz verwandelt sich in einen Tanzsaal, der sich bis zum Nachmittag über die ganze Stadt breitet. Den ganzen Tag über sieht und hört man Musiker, Tänzer. Pantomimen spielen die Geschichte ihrer Stadt. Bis Mitternacht hört man das Spiel der Orchestermusiker vor der Kathedrale, hört den Gesang, sieht Tänzer, die kunstvoll in fantasievollen Kostümen sich zu der Musik bewegen. Kleine Kinder laufen zwischendrin unermüdlich den Seifenblasen hinterher. Sie geben nicht auf, auch wenn die fragilen Gebilde immer wieder zerplatzen. Der Traum von einer friedvollen, schönen Zukunft möge nicht platzen. Mögen wir alle Sorge tragen, dass dieser Traum sich erfüllen kann, in dem Maße, wie wir uns auf ihn zubewegen, ihn in unserem Leben begründen. Ich kehre zurück in unser Hotel. Erfüllt bis in die Haarspitzen, dankbar für die Juwelen des Tages und mit der Bitte, dass mein Gebet um Respekt und Frieden sich erfüllen möge, beende ich den Tag.

BIOGRAFIE

Christine Teske, Ehrenmitglied des Musikerstammes der Guarayoindianer im Urwald Boliviens, teilt mehrere Monate im Jahr ihr Leben mit den Menschen im Musikerdorf Urubicha im Amazonastiefland von Bolivien. In Deutschland hält sie Vorträge über das so besondere Leben mit den fremden, der Seele nahen Freunden. Sie unterstützt seit vielen Jahren Bildungsprojekte im Amazonastiefland und Hochland von Bolivien, insbesondere Musikschulen, ein Straßenkinderkrankenhaus sowie eine Geigenbauschule und eine Kunsthandwerkerschule! Mehrere Büchlein hat die Autorin bereits über ihre Arbeit geschrieben, die im Anschluss an die Vorträge erworben werden können.

Villiger Manuela

Fördert Sein oder Nichtsein ein zufriedenes, glückliches Leben?

Auf welcher Grundlage gelingt eine gute Lebensführung und Glücklichsein? In der Tragödie von William Shakespeare spricht Hamlet von «Sein oder Nichtsein».

Diese Frage mental fassen zu können, fordert heraus. Lässt sie sich über 400 Jahre später klar beantworten und gibt es eine allgemein gültige Lösung?

Lebt der Mensch im Sein ein erfülltes Leben und ist der Mensch im Nichtsein der gepeinigte? Eine spannende Gedankenreise beginnt.

Fördert eine aktive Lebensgestaltung im Sinne einer bedachten Work-Life-Balance das Sein? Führt die bewusste Nutzung menschgemachter Systeme ins Sein? Entsteht Sein durch eine gewinnbringende Persönlichkeitsentwicklung plus Innere-Kind-Arbeit? Und muss Sein aktiv stattfinden?

Zeigt sich Nichtsein in affektiven Störungen? Endet eine depressive Verstimmung im Nichtsein? Ist Nichthandeln das gleiche wie Nichtsein? Und mündet das stumpfe Funktionieren in der Gesellschaft auch ins Nichtsein? Ist Nichtsein eine passive Haltung?

Gewiss ist, dass der Mensch sein Leben kaum als Tragödie betrachten möchte. Jeder versucht sich selbst zu verwirklichen und über sich hinauszuwachsen. Ein Schlüssel ist nötig, um das Geheimnis von Sein oder Nichtsein zu lüften, weil die menschliche Existenz ein Mysterium ist.

Menschgemachte Systeme, Vorgaben und Gebote wirken haltbringend. Struktur und Orientierung sind in unserer schnelllebigen von Social Media, Internet, KI, erweiterter Realität, Bots, QR-Codes und Smart-Apps geprägten Zeit bestimmt essenziell. Doch brauchen wir zum Mensch-Sein künstliche Umstände und Dinge für ein glückliches Leben?

Hängt eine gekonnte Lebensführung davon ab, wie sehr der Mensch mit dem Zeitgeist geht und sich kulturell bedingte Veränderungen einverleibt? Oder geschieht Entfremdung, je mehr strukturelle Angebote im Aussen genutzt werden, anstatt naturgegebenen Gesetzen zu folgen? Treiben soziale Einrichtungen, die Industrialisierung und das Wirtschaftswachstum in die Vereinsamung, obwohl die Masse wächst?

Die eigene Individualität zu leben, kann den Charakter stärken. Seine vier Wände zu besitzen, kann auf Tatkraft hindeuten. Seinen Stil ausdrücken zu können, benötigt ein offenes Umfeld.

Psychologisch betrachtet, dreht sich das Leben um das Innere Kind. Es lechzt auf den ersten Blick nach immer mehr Spielsachen. Doch in Wirklichkeit will es Liebe, Zuneigung und Anerkennung. Ein freier, selbstreflektierter Geist erkennt innere, emotionale Löcher und füllt sie mit Selbstliebe anstatt mit Materie. Das scheint weise und reif. Entspricht dies wahrem Sein?

Die Liebe, zu sich und zu allem um sich herum, verbindet. Das innere Lebensfeuer wird durch die Liebe genährt.

Der Mensch kann sich oft für Karriere und/oder Familie entscheiden. Doch fällt die Karriereleiter in sich zusammen, was bleibt dann noch? Der schnöde Mammon kann am Ende des Tages einen Schein wahren, aber nicht den inneren Funken nähren.

Unsere menschgemachten Systeme ködern oft mit Verlockungen, welche selten Persönlichkeitsentwicklung unterstützen und Bewusstsein fördern. Ersatzbefriedigungen für das verletzte Innere Kind überdecken das wahre Sein.

Eine Gesellschaft, die sich der Leistungssteigerung verschreibt, raubt sich ihre existenzielle Zeit – Zeit zum Mensch-Sein. Gelassen, heiter und freudvoll Lebenserfahrungen machen zu können, erfüllen Körper, Geist und Seele. Herausforderungen dienen, ob alleine oder gemeinsam, der persönlichen Entwicklung. Und diese braucht Zeit und Raum. Folglich macht Entwicklung gross. Die eigene Grösse zu entdecken, ist ungewohnt. Aber Machtabgabe, aus Angst vor dem eigenen Sein, bedeutet Nichtsein. Mit dem Strom zu schwimmen ist immer angenehmer. Ob es einer guten Lebensführung und dem Glücklichsein dient, muss selbst entschieden werden.

Wie geht es einem Menschen, der im 21. Jahrhundert erkannt hat, wieviel Sinnlosigkeit im täglichen Tun liegt? Ist dies vielleicht eine negative, aussichtslose Sicht eines von Depression geplagten Menschen? Stehen Depression und Nichtsein in einem Zusammenhang?

Aus Nichtsein resultiert zwangsläufig Nichthandeln. Dies entspricht tatsächlich einem Symptom der Depression. Man fühlt sich als Schatten seiner selbst, abgestumpft und erschlagen. Der Antrieb fehlt, Müdigkeit prägt den Tag, Desinteresse, Freudlosigkeit und Mühe mit Alltäglichem dominieren. Das Nichtsein durch Nichthandeln zeigt sich bei einer Depression tatsächlich.

Befinden sich Nichtsein und Nichthandeln in Wechselwirkung verhindert dies eine gekonnte Lebensführung per se. Passiv sein Leben zu führen ist ein Widerspruch in sich.

Leben erfordert aktives Tun und bewusstes Sein. Auf äussere und innere Reize folgen Reaktionen und Handlungen. Kommunikation und Interaktionen zwischen Lebewesen gehören zu einer gelingenden Lebensführung. Lebensräume können dadurch erhalten, erweitert und weiterentwickelt werden.

Eine gute Lebensführung kann somit kaum durch Nichtsein und Nichthandeln erlangt werden. Es braucht die Bewusstheit des Seins. Aktives Sein. Klingt einfach, doch die Krux dabei sieht wie folgt aus. Versetzt sich der Mensch z. B. durch Meditation in einen Bewusstseinszustand des Seins, fängt er mit seinem Umfeld zu verschmelzen an und wird eins mit ihm. Durch diese Auflösung passiert Nichtsein. Dieser Vorgang ist mit den verschiedenen Aggregatszuständen von Wasser vergleichbar. Fest, flüssig und gasförmig. Beim Menschen können sich die Bewusstseinszustände auch durch die Aktivität der Atome verändern. So kann er vom aktiven, physischen Sein ins Nichtsein und weiter ins passive Sein übergehen.

Ist der von einer Depression gepeinigte Mensch nun im Nichtsein oder im passiven Sein? Und wie unterscheiden wir Nichtsein und passives Sein? Plakativ ausgedrückt bedeutet Nichtsein eine Nichtexistenz. Der Mensch begeht Freitod und ist nicht mehr. Scheint plausibel, wenn von einer körperlichen Existenz ausgegangen wird. Aber was passiert mit Seele und Geist? Seele und Geist haben einen anderen Aggregatszustand! Eine menschliche Körperhülle verformt sich, verändert ihr Aussehen und zerfällt nach Jahrzehnten in ihre Einzelteile. Geist und Seele sind nicht feste Stoffe wie der physische Körper. Folglich überdauern sie Zeit und Raum. Geist und Seele sind ewig. Sie sind im ewigen Sein. Passiv ohne Physis und aktiv in einer menschlichen Hülle. Durch unseren Körper können sich Geist und Seele ausdrücken!

Unser Bewusstsein und unser Wille zum Tun tragen wesentlich dazu bei vom passiven ins aktive Sein zu gelangen.

Hat ein Mensch mit einer Depression die Sinnlosigkeit auferlegten Tuns erkannt und handelt er deshalb nicht? Wurde er sich bewusst, dass gesellschaftliche Vorgaben und Regeln die menschlich-spirituelle Entwicklung massiv hemmen können? Ist sein Bewusstsein auf eine höhere Ebene katapultiert und ist er dadurch ins passive Sein geraten?

Was für eine tiefgreifende und lebensverändernde Erkenntnis wäre somit aufgeploppt! Durch diese Einsicht müsste der Mensch seine Wertvorstellungen revidieren. Ein Schlag ins Gesicht von himmlischem Ausmass.

Kann man mit diesem Wissen Depression und Nichtsein in einen Topf werfen? Wohl kaum!

Der von Depression befallene Mensch könnte im Grunde erkannt haben, dass sein physischer Körper einem täglichen Trott verfallen war. Die ausgezerrte, leere, materielle Hülle funktionierte des Funktionieren Willens. Nach dem körperlichen Tod wie beim stumpfen Funktionieren entzieht sich der Geist aus den Körperzellen. Der Körper wird nicht weiter beflügelt. Im Nichtsein ist der Funken erloschen. Kein inneres Feuer lodert. Denn die Seele ist nicht mehr mit dem Körper verbunden.

Im Zombie-Betrieb irrt der Körper seelenlos ins Nirgendwo. Diese Erkenntnis dürfte, bei einem Menschen der bewusst wird, grösstes Unwohlsein auslösen und mit Verlaub in eine Depression münden.

Könnte das Label «Depression» in Wirklichkeit eine Folge einer Gesellschaft sein, welche ihre Wurzeln weniger in Traditionen als im Fortschritt sieht? Wo schreiten wir als Gesellschaft überhaupt hin? In die totale Überforderung und Fremdsteuerung oder Richtung Erleuchtung?

Wer die Sinnlosigkeit im stumpfen Tun entdeckt hat, hat das Bewusstsein erlangt, dass Glück nicht vom Aussen ins Innen führt. Die intrinsische Motivation, der innere Funken, der eigene Antrieb und das persönliche Wollen machen glücklich.

Ewiges Tun und blosses Funktionieren koppeln von der Seele ab und legen dein Geist still.

Leben ist vielschichtig. Leben ist präsent. Erde, Wasser, Feuer, Luft, Metall und Holz befinden sich in Wechselwirkung. Bakterien, Viren und Pilze erfüllen unsere Lebensräume. Pflanzen und Tiere umgeben uns. Lebewesen sind existent, weil das Leben sie geboren und geformt hat. Von Atomen umgeben, welche alles formen, kennen wir den Mikro- und Makrokosmos. Unsere Weltordnung. Und wir sind mittendrin.

Trotzdem stellt sich der Mensch heute noch die Frage nach Sein oder Nichtsein.

Es ist einfach. Alles passiert seiner Selbstwillen. Alles erhält sich selber. Es ist ein Kreislauf passiven und aktiven Seins.

Im Sein ist jeder vollkommen, kraft- und machtvoll. Liebe und vertrauensvolle gegenseitige Wertschätzung führen dazu, dass der Mensch seine Fähigkeiten zeigt. Freude und Achtung die eigene Kraft anzunehmen und in liebevoller Dankbarkeit zu leben, macht glücklich. Sein macht glücklich. Nichtsein auch.

Im Sein wie im Nichtsein hat der Mensch die Möglichkeit sich selbst zu erkennen. Im stillen Dasein einer Meditation kann bewusste Eigen-Wahrnehmung stattfinden. Sich vertrauensvoll hingeben, im Wissen der Wahrung seiner Persona, führt zur Verschmelzung mit der Umwelt.

Es wirkt aufbauend und erquickend in solch einem Zustand von Körper, Raum und Zeit sein eigenes Nichtsein zu erfahren. In der Verschmelzung mit Allem steckt die Kraft der Eigenmacht.

Sein durch Nichtsein. Nichtsein durch Sein.

Eine innewohnende Kraft, die jedes Lebewesen beherbergt. Dieser innere Funken, der zum lodernden Feuer heranwächst, in dem Moment, wo sich die Lebensenergie explosionsartig ausbreitet, weil Sein zum Tun transformiert. Des puren Lebens Willen.

Beim freien Fall auf den Nährboden des Lebens ist eines gewiss. Es darf von Grund auf neu gestartet werden. Dabei kann sich der Mensch entscheiden, ob er den Weg des Seins oder Nichtseins beschreiten will.

Eine gute Lebensführung ist diejenige, welche den Menschen innerlich glücklich und zufrieden macht. Doch dazu muss er in einer guten Balance von Freiheit und Struktur leben können.

Selbstbestimmtes Handeln in flexiblen Strukturen macht Spass und stärkt den Selbstwert. Gemeinsame, sinnvolle, für die Menschheit gewinnbringende Projekte beglücken, wenn sie das Leben lebenswert machen.

Bei vollem Bewusstsein zu entscheiden, ob Sein oder Nichtsein der Weg zu einem glücklichen, zufriedenen Leben ist, liegt bei jedem Einzelnen. Die Empfehlung sich dabei über Raum und Zeit als Körper-Geist-Seele-Wunderwerk der Natur zu erkennen, hilft bei dieser Entscheidung aus ganzem Herzen.

BIOGRAFIE

Villiger Manuela sinniert gerne über das Leben. Das Heranwachsen als Halbwaise prägt ihre Sicht aufs Kommen, Werden und Gehen. Dank der liebevollen Verbindung zu ihrem Geistigen Team erlernte sie einen gewinnbringenden Umgang mit ihrer Hochsensibilität. Ihre Medialität verknüpft sie gerne mit ihrem heilpädagogischen Wissen.

Widmann Rolf

Kurzgeschichte

Wo König Ortler seine Stirn
hoch in die Lüfte reckt,
bis zu des Haunolds Alpenreich,
das tausend Blumen deckt ...

König Ortler ist mit seinen 3905 m Höhe der höchste Berg Südtirols im Südtiroler Vinschgau. Das Südtiroler Trentino, die italienische Lombardei und der Schweizer Kanton Graubünden mit dem Schweizer Nationalpark grenzen hier aneinander. Vom Südtiroler Trentino führt die berühmte Stilfser-Joch-Straße hinauf aufs Stilfser Joch, mit 2758 m Höhe die höchste Passstraße Südtirols, also heute Italiens, und die zweithöchste Passstraße Europas. Höher ist nur der Col de l'Iseran mit seinen 2764 m. Er markiert die Grenze zwischen Savoyen und Piemont. Die Stilfser-Joch-Straße, der Passo Stelvio, zählt, weshalb auch immer, zu den 10 gefährlichsten Pässen Europas. Heute ist die Passstraße Spielplatz für Mountainbiker, Radfahrer mit und ohne E-Antrieb, Angeber auf aufgemotzten Motorrädern oder PS-starken Sportwagen. Vor 50 oder 60 Jahren sah das anders aus, die Straße war längst nicht so vorzüglich und sicher ausgebaut wie heute.

Zwei Episoden aus der damaligen Zeit will ich in den nächsten zwei Kapiteln erzählen.

Wir saßen wieder einmal zusammen, mein guter Freund, Bundesbruder und Kollege Eberhard mit seiner Frau Evi, und ich mit meiner Frau Eva. Wir schmiedeten gemeinsame Urlaubspläne. Wir vier verstanden uns hervorragend, konnten aber nicht unterschiedlicher sein. Mein Freund Eberhard, ein alter Stuttgarter, sehr zurückhaltend, übervorsichtig und stets mit Bedenken beschäftigt, seine Frau Evi, eine Dresdnerin, das ganze Gegenteil, unternehmungslustig und zupackend. Meine Frau Eva stammte aus Reutlingen, Reutlinger, das ist nicht abwertend zu verstehen, kann man nicht beschreiben. Sie machte jedenfalls alles mit. Und dann ich selbst, ebenfalls alter Stuttgarter, risikobereit, aber niemals leichtsinnig, was von anderen Freunden, Bundesbrüdern und Kollegen völlig zu Unrecht heftig bestritten wurde. Eberhard war Rechtsanwalt, Evi war Rechtsanwältin, ich war Rechtsanwalt, also trafen wir uns immer wieder vor Gericht, manchmal hartnäckig gegeneinander kämpfend, manchmal zusammen die Interessen eines gemeinsamen Mandanten vertretend, aber immer zielgerichtet und fair.

Wir waren schon verschiedentlich gemeinsam in den Urlaub gefahren, das Gespräch kam bei diesem Treffen auf das Thema Urlaub, vielleicht wieder einmal gemeinsam?

›Wir gehen in den Herbstferien zum Skifahren‹, schlug ich vor. Ich hatte auch schon eine Idee, aber bei Eberhard musste ich vorsichtig vorgehen.

›Bist du verrückt‹, meinte der dann auch sofort, ›wo willst du denn im Oktober skifahren?‹

›Auf dem Stilfser Joch, das ist hoch genug, da gibt es im Oktober genug Schnee. Dort kenne ich ein altes italienisches Albergo, ein uraltes Haus aus Bruchsteinmauerwerk, urgemütlich, mit einer Padrone, also einer Wirtin, die mindestens 100 Kilo auf die Waage bringt und himmlisch gut kocht. Außerdem hat sie herrliche Weine aus der Lombardei im Keller‹. Ich wusste, mit gutem Essen und schönen Weinen konnte ich meinen Freund locken. Evi war von dieser Idee sofort begeistert, mit Eva war ich schon dort gewesen, sie kannte das Stilfser Joch und die Wirtin, Eberhard aber, wie könnte es anders sein, zögerte.

›Wo ist das überhaupt‹, fragte er.

›Das ist ganz einfach‹, fing ich an. ›Das Stilfser Joch liegt am Ortler, also dort, wo die italienische Lombardei, das südtiroler

Trentino und der Schweizer Nationalpark mit dem Val Müstair, dem Münstertal aneinander grenzen<.
<Jetzt bin ich so klug wie zuvor, keine Ahnung<.
>Das erkläre ich dir gerne<, begann ich und rasselte herunter: >Wir fahren Ulm-Kempten-Füssen-Reutte-Imst-Landeck-Serfaus-Nauders. Dann hinauf zum Reschenpass und zum Reschensee, das Etschtal hinunter bis nach Prad und weiter die Passstraße hinauf zum Joch. Die Passstraße ist asphaltiert und führt mit einigen Kehren hinauf zum Joch. Die durchschnittliche Steigung beträgt 7%, die Stuttgarter Straßenbahnen bewältigen ohne Zahnrad oder Seil 8,5%, also kein Problem. Was die Straßenbahn schafft, das schaffst du auch. Außerdem vermeiden wir den langen Umweg über das Münstertal, Livigno, den Foscagnopass nach Premadio<. Ich holte Luft. Dass die Passstraße 48 Spitzkehren hatte und schon etwas ausgesetzt war, verschwieg ich vorsichtshalber, ebenso, dass sie zu den 10 gefährlichsten Pässen Europas gezählt wird, was ich allerdings noch nie begriffen habe. Ich muss aber zugeben, hatte ich wohl etwas ausgefallene Vorstellungen von gefährlichen Passstraßen, war ich doch 20 Jahre früher von Beirut über das Libanongebirge ins Bekaatal gefahren auf einer Passstraße, die zur Stilfser-Joch-Straße etwa in demselben Verhältnis stand wie ein Feldweg zur Autobahn, nicht etwa mit einem Geländewagen, sondern mit einem VW-Käfer mit 24 PS.

Eberhard machte den Eindruck, als habe er immer nur Bahnhof verstanden, wie man so sagt, aber sein Sohn Stefan, der interessiert zugehört hatte, war von der Idee begeistert und schien sich mit ihr doch näher befassen zu wollen.

Das Thema war an diesem Tag vom Tisch, aber es war ja noch früh im Jahr. Bei einem späteren Zusammentreffen in gemütlicher Runde mit einem guten Glas Wein, für das Eberhard immer zu haben war, brachte ich das Thema wieder ins Gespräch. Ich präsentierte eine Straßenkarte, die ich vorsorglich mitgebracht hatte.
>Den Weg bis nach Imst kennst du, der Rest ist dann kein Problem mehr. Ich halte zwar vom Kolonnenfahren nicht viel, das

ist so mühsam, aber von Imst ist es nicht mehr weit, da fährst du einfach hinter mir her<.

Eberhard zögerte immer noch, er traute dem Frieden wohl nicht so ganz, er hatte anscheinend, so hatte ich den Eindruck, das nicht ganz unbegründete Gefühl, dass zwischen dem Bild, das ich ihm zu malen versuchte, und der Wirklichkeit doch noch einige Unterschiede zu finden sein könnten. Ich baute auf Evi und Stefan, deren Begeisterung für meinen Plan ich zu spüren glaubte. Die würden den Ehemann und Vater sicher noch überzeugen oder doch mindestens überreden können.

Der Sommer neigte sich dem Ende zu, ich traf meinen Freund Eberhard wieder vor Gericht. Wir hatten beide eine Verhandlungspause, ich schaltete von ‚beruflich' auf ‚privat' um und erklärte ihm, dass wir uns entscheiden und jetzt buchen müssten, wenn es mit dem Stilfser Joch etwas werden sollte.

>Du lässt mir ja doch keine Ruhe, ja, wir gehen mit<, sagte er mir schließlich und verschwand in seinem Gerichtssaal. Ich ließ mir das nicht zweimal sagen, ins Büro zurückgekehrt rief ich bei der Padrone Emilia auf dem Stilfser Joch an und buchte die Zimmer für 14 Tage ab Anfang Oktober. Der Schiausflug im Oktober, wie ich das nannte, war über den Sommer kein Thema, das ich in Erinnerung brachte. Der September näherte sich schneller als gedacht. Als ich dann doch das Stilfser Joch wieder in Erinnerung brachte, machte Eberhard keinen Rückzieher mehr, was mich wunderte. Frau und Sohn hatten offensichtlich gut vorgearbeitet

Der Abreisetag kam, wie immer, schneller als gedacht. Doch die Autos standen tatsächlich gepackt früh morgens zur Abfahrt bereit. Eberhard würde sicher nicht so schnell fahren wie ich. Ich hatte deshalb mit ihm vereinbart, dass ich am Ortseingang von Imst so parken würde, dass er mich problemlos sehen könne. Das funktionierte auch hervorragend und noch einfacher, als ich dachte. Wir hatten dasselbe Auto, ich einen blauen, er einen grünen Audi 100.

Ich erreichte Imst, meine Tankanzeige riet mir zum Tanken, seine natürlich auch und so trafen wir uns wieder an derselben Tankstelle.

Die Sonne schien, der Himmel war blau, das Schiebedach war offen, die Fahrt war ein Vergnügen. Die Berge waren schon lange vor uns am Horizont aufgetaucht und wurden immer größer, bis die ganze Bergkette majestätisch vor uns stand.

Die Autotanks waren wieder gefüllt, Eberhard sah mich etwas fragend an.
>Wir fahren jetzt über den Reschenpass zum Reschensee, dort machen wir Pause. Ich fahre nicht schnell, du kannst sicher leicht hinter mir herfahren<. Er war einverstanden oder besser, er widersprach nicht, er sagte nichts und ergab sich offenbar seinem Schicksal.

Der Reschenpass ist harmlos. Manche Straße, die auf die Schwäbische Alb in unserem Heimatland Württemberg führt, ist schwieriger und steiler. Über den Reschenpass gelangt man in das Etschtal, es ist eine Passstraße wie viele andere auch. Sie weist aber doch eine Besonderheit auf. Am Reschen in den Ötztaler Alpen entspringt die Etsch und fließt das Etschtal hinunter nach Meran. Unterhalb der Passhöhe führt die Straße zum Reschensee, zu dem die Etsch aufgestaut wurde. In diesem See ist das Dorf Graun verschwunden, das berühmte versunkene Dorf im Reschensee. Nur der Kirchturm ist noch zu sehen, der aus dem Wasser herausragt, ein weit bekanntes Bild. Erstmals seit der Flutung des Sees, nämlich in dem trockenen Jahr 2023, sank der Seespiegel so weit ab, dass auch die Häuser des versunkenen Dorfs Graun wieder auftauchten.

Wie besprochen, hielt ich an. Diesen Kirchturm im Wasser musste man sich einfach ansehen, einfach daran vorbeifahren ging wirklich nicht. Wir stiegen aus, es war ein einmaliges Bild, das sich uns darbot. Plötzlich zog mich Eberhards Sohn auf die Seite. >Onkel Rolf<, fing er an, >der Papa hat sich die Karte angesehen und festgestellt, dass die Passstraße auf das Joch doch mehr Kehren hat, als du erzählt hast, und dass es die Möglichkeit gibt, von der italienischen Seite auf das Joch zu kommen – auf einer Passstraße mit viel weniger Kurven. Da muss man dann nur unten in Glurns nach rechts ins Münstertal abbiegen. Du darfst in Glurns nicht anhalten, sonst verwickelt dich der Papa in ein Gespräch und will dich dazu bringen, dass wir diesen Weg wählen. Die südtiroler Seite ist doch aber viel schöner!‹ Die Variante, die Stefan beschrieb, gab es, ich kannte sie, sie war allerdings nicht so einfach, wie Stefan und wohl auch sein Vater sich das offenbar vorstellten, aber die Möglichkeit, dass mich mein Freund Eberhard umzustimmen versuchen würde, gab es sicherlich auch. Im Argumentieren – von der beruflichen Seite natürlich abgesehen – war mir mein Freund Eberhard, das muss ich zugeben, weit überlegen. In Glurns fuhr ich also ohne Halt geradeaus weiter der Etsch entlang bis nach Prad.

In Prad am Stilfser Joch, wie es in der Werbung etwas übertrieben heißt, bog ich nach rechts ab und sah zunächst ein Auto mit Schiern auf dem Dach entgegenkommen. Das fand ich schon einmal gut. Von Stils oder Trafoi, kleinen Dörfern weiter oben, konnte der nicht kommen, da gab es sicher noch nicht genügend Schnee. Also, dachte ich, kommt der vom Joch und wenn der heruntergekommen ist, kommen wir auch hinauf. Dann sah ich aber noch etwas, nämlich auf der linken Straßenseite ein Schild ‚Passo Stelvio chiuso'. Das störte mich allerdings nicht sonderlich, einer Streife der Polizia di stato würden wir wohl nicht begegnen, aber, so befürchtete ich, Eberhard könnte das Schild auch sehen. Er war aber offenbar so auf mein Auto fixiert, dass er das Schild gar nicht bemerkte, er folgte mir brav. Ich machte mich an die erste der 48 Serpentinen, Eberhard immer hinterher, aber er fiel zurück. Ich war vielleicht vier oder fünf Serpentinen über ihm, als ein Fahrzeug, das man heute SUV nennen würde, von oben herabkam und an mir vorbei abwärts fuhr. Ich sah dann, dass der Fahrer dieses Fahrzeugs bei Eberhard, der ebenfalls angehalten hatte, anhielt und die beiden miteinander redeten. Ich fuhr weiter, bei der vierzigsten oder einundvierzigsten Serpentine war schon eine Lawine über die

Straße geschossen, die Schneemassen waren aber schon weitgehend abgeräumt. Um aber an den Räumfahrzeugen vorbeizukommen, musste ich in einer Haarnadelkurve erst zurückstoßen, und zwar bis zum Straßenrand. Mit den Hinterrädern. Das ging ganz gut, denn eine Straßenbegrenzung wie eine Mauer oder eine Leitplanke gab es nicht. Der Kofferraum meines Wagens hing schon sozusagen über dem Abgrund. Etwas Besonderes? Nein, das war halt so. Ich hoffte allerdings, dass Eberhard ein solches Fahrmanöver erspart bleiben würde.

Oben angelangt, parkte ich auf dem Parkplatz, wir stiegen aus. So zehn Minuten später kam auch Eberhard an. Wir, jetzt alle am Ziel angelangt, begrüßten uns. Er war etwas bleich und machte einen, wie man sagt, geschafften Eindruck >Siehst du<, sagte ich zu Eberhard, >das war doch gar nicht schlimm, ich habe auch gesehen, dass du dich mit dem von oben kommenden Fahrer unterhalten hast, da warst du sicher beruhigt<. Eberhard zögerte etwas mit der Antwort und meinte dann recht schwäbisch:> Des stimmt scho, mit dem han i gschwätzt, aber beruhigt war i überhaupt net, im Gegenteil, des war au a Schwab ond hot mir sagt, wies da obe aussieht, woiß i net. Mir send bis zur Kurve 22 gfahre, na hemmer Schiss kriegt ond hent umdreht.< >Ich gebe zu<, sagte ich zu Eberhard, > beruhigend war das nun wirklich nicht, aber du bist da und so schwierig war das doch auch nicht. Und schau dich um, es wird schon dunkel, die ersten Sterne leuchten am Himmel, so schön hast du das doch noch nie erlebt!< Er gab das dann auch zu und gab sich am späteren Abend doch versöhnt. Wir waren in unserem Albergo von der Padrone Emilia herzlich empfangen worden, wir bezogen unsere Zimmer. Was danach die Küche an italienischen Köstlichkeiten aufbot, dazu ein Gläschen oder auch zwei mit Wein aus der Lombardei ,versöhnte schließlich auch Eberhard mit der Erkenntnis, doch recht gutgläubig gewesen zu sein. Nach einem schon anstrengenden, auf alle Fälle aber ereignisreichen Tag schliefen wir wunderbar, auch die ungewohnte Höhe von doch beinahe 2800 m bereitete uns keine Schwierigkeiten.

Der nächste Morgen, strahlend schön, ein herrlicher Rundblick auf die fantastische Bergwelt, und nicht zu vergessen, die Padrone Emilia verwöhnte uns mit einem reichlichen Frühstück. Jetzt aber nichts wie raus. Schistiefel angezogen, Schi und Stöcke geholt, ab zur Talstation des Schilifts. Das waren nur ein paar hundert Meter, die wir zu Fuß zu gehen hatten. Wir trafen nicht mehr viel andere Gäste an, kein Wunder bei ‚Passo Stelvio chiuso', aber gut für uns, am Lift gab es keine Wartezeiten.

Der Schnee war herrlich, die Pisten waren gepflegt, wir alle genossen das Schivergnügen, auch Eberhard hatte offensichtlich die Strapazen der Anreise und die Fahrt auf das Joch vergessen. Gegen Mittag, wir waren hungrig und schon ein wenig müde, ging es zurück zum Albergo, wo uns Emilia schon erwartete und uns mit italienischen Köstlichkeiten verwöhnte. Danach saßen wir vor dem Albergo in der Sonne, ruhten uns aus, bis uns die Pisten wieder lockten. Am Abend sahen wir die Sonne hinter den Bergen langsam untergehen, ein herrliches Farbenspiel. Ein oder zwei, vielleicht waren es auch drei Gläschen Wein beendeten den ereignisreichen Tag. Müde fielen wir ins Bett und schliefen prächtig. Der Wein mochte dazu vielleicht auch beigetragen haben.

Am nächsten Morgen erwartete uns wieder der herrliche Sonnenaufgang über den Bergen, der Wettergott schien uns gewogen. 14 Tage, einer schöner wie der andere, keine Wolke am Himmel und keine Touristen aus dem Trentino, der Pass war ja gesperrt. Ignoranten, die sich durch die Sperre nicht abhalten ließen, wie meine Wenigkeit, waren offenbar nicht mehr unterwegs.

Die Tage vergingen wie im Flug. Viel zu früh, so empfanden wir das alle, hieß es Abschied nehmen. Ich wollte es Eberhard nicht zumuten, die 48 Kehren, die ich ihn heraufgequält hatte, wieder hinunterzufahren. Wir wählten den Weg auf der italienischen Seite Richtung Bormio, der weniger Kehren als die Südtiroler Seite aufweist und lange nicht so ausgesetzt ist. Im Tal angekommen, bogen wir in Premadio nach rechts ab, der Weg führte uns über den wenig aufregenden Foscagnopass nach Livigno. Livigno. Zollausschlussgebiet und deshalb Einkaufsparadies, das ließen wir uns nicht entgehen. Mit etlichen Einkaufstüten mehr im Auto fuhren wir durch den Schmugglertunnel ins schweizerische Val Müstair, das Münstertal im Schweizer Nationalpark im Kanton Graubünden.

Schmugglertunnel, was ist denn das schon wieder? 1986 baute die Engadiner Kraftwerke AG an der Grenze zwischen Schweiz und Italien die Staumauer Punt dal Gall. Dazu benötigte sie für den Transport von Baumaterial einen Tunnel, den 3 394 m langen einspurigen Tunnel Munt la Schera, der Ende der sechziger Jahre fertig wurde und vom Schweizer Val Müstair, dem Münstertal, in das italienische Livigno führte. Er war damals nicht ausgebaut, aber doch auch für Touristen benutzbar, vor allen Dingen führte er ohne Zollkontrolle vom italienischen Livigno in das Schweizer Münstertal und umgekehrt. Man kaufte also ohnehin schon zollfrei im Zollausschlussgebiet Livigno ein und brachte den Einkauf zollfrei in die Schweiz, daher Schmugglertunnel. Die Fahrt durch den Tunnel kostete nichts, aber man musste vor sechs Uhr abends am Tunneleingang sein, um 18 Uhr wurde der Tunnel von den Betreibern abgeschlossen. Heute ist der Tunnel ausgebaut, immer noch einspurig, ampelgesteuert und – natürlich – mautpflichtig.

Im Münstertal angekommen, ging es weiter nach Zernez im Unterengadin. Das unterengadinische Inntal brachte uns wieder nach Imst. Ich hatte Eberhard vorgeschlagen, auf der Heimfahrt einen etwas anderen Weg zu wählen, nämlich an Imst vorbei nach Zirl, den Zirler Berg hinauf nach Seefeld in Tirol und über Garmisch nach Hause. Er war einverstanden und fuhr brav hinter mir her. Dass der Zirler Berg einige spektakuläre Kurven und eine Steigung von bis zu 16 % hatte, sagte ich ihm vorsichtshalber nicht. Aber auch das schaffte er. Nur, unsere Freundschaft blieb zwar ungetrübt erhalten, aber mit mir Skifahren ging er nicht mehr und gegenüber von mir vorgeschlagenen Autotouren blieb er skeptisch.

Im nächsten Jahr zog es mich Ende September wieder auf das Stilfser Joch. Aber mit wem? Eberhard lehnte dankend ab. Schließlich hatte ich für zwei Autos sechs Skikameraden oder besser Skikameradinnen gefunden, deren Männer keine Zeit hatten oder keine Zeit zu haben behaupteten. Ob da Eberhard dahintersteckte? Aber was soll's. Wir machten uns also auf, sechs Frauen, zwei Autos und ein Mann, der als solcher dann trotz Gleichberechtigung gleichwohl für alles verantwortlich war, was immer auch geschehen würde. Bei herrlichem Sonnenschein ging es wieder über die Schwäbische Alb, in der Ferne tauchten die Berge auf, allerdings irgendwie so merkwürdig bedrohlich. Noch ahnten wir nicht, was uns erwartete. Je näher wir der Alpenkette kamen, desto fantastischer, aber auch unheimlicher wurde, was wir sahen. Dunkler Himmel, die Berge in tiefgraue Wolken gehüllt. In diese Wolkenwand fuhren wir hinein, es begann zu regnen. Gegen Mittag überquerten wir den Reschenpass, der aus dem Wasser ragende Kirchturm des im Wasser versunkenen Dorfs Graun war kaum zu sehen. Es begann auch noch zu schneien. Musste das sein? Wenn es hier schon schneit, wie wird es dann am Stilfser Joch aussehen, ging es mir durch den Kopf. Auf der Fahrt hinunter nach Glurns gab es noch keine Schwierigkeiten etwa mit der Straßenglätte, die Frage, wie hier weiter, stellte sich aber nicht mehr, die Richtung war vorgegeben. Mir war klar, dass wir auf der Südtiroler Seite auf keinen Fall auf das Joch kommen würden. Also rechts ab ins Val Müstair, das Münstertal im Schweizer Nationalpark. An der Schweizer Grenze fragte der Zöllner nach unserem Ziel. Offenbar etwas beleidigt, dass wir nicht in der Schweiz bleiben wollten, sagte er nur auf Schwyzerdütsch, das ich zwar verstehe, aber nicht schreiben kann: >Auf das Stilfser Joch kommt ihr heute bestimmt nicht mehr<. Das werden wir schon sehen, dachte ich dickköpfig, meine sechs Damen sagten nichts, nur ihre Blicke signalisierten mir: Du bist für alles, was jetzt noch geschieht, verantwortlich. Meiner Frau, die das zweite Auto fuhr, sagte ich nur: >Wir müssen schauen, dass wir noch vor 6 Uhr (also 18 Uhr) zum Schmugglertunnel nach Livigno kommen, denn der wird um sechs Uhr abends abgeschlossen. Der Umbrailpass, der auch zum Joch hinaufführt, ist mit Sicherheit unpassierbar.<.

Wir schafften es gerade noch zum Tunnel, erreichten Livigno, zollfreier Einkauf gestrichen, dafür hatten wir heute keine Zeit. Es schneite immer heftiger. Also, sofort den Foscagnopass hinauf. Über den knapp 2300 m hohen Pass möglichst rasch hinunter nach Premadio und so zu der Straße, die in Richtung rechts nach Bormio und in Richtung links auf das Stilfser Joch führt. Auf der Passhöhe mussten wir aber warten, bis die Pistenraupen den Schnee von der Straße geräumt hatten. Unsere Unruhe nahm stetig zu. Nach einer uns unendlich lang erschienenen Zeit – es werden nicht mehr als 20 Minuten gewesen sein – konnten wir weiterfahren. Noch bereitete der Schnee keine fahrerischen Schwierigkeiten. In Premadio hielt ich an. Was sollten wir tun? Es gab nur zwei Alternativen: Hotelzimmer suchen und hoffen, dass der Schneesturm sich am nächsten Morgen verzogen haben würde, oder doch den Versuch machen, trotz Schneesturm in der Dunkelheit auf das Joch zu kommen. Lagebesprechung mit meinen sechs Damen. Die sagten nur in seltener Einigkeit: >Sag du, was wir tun sollen, du kennst dich hier aus.<. Ein seltenes Ereignis, dass sechs Frauen übereinstimmend einem einzigen Mann eine Entscheidung überlassen wollten. Ich überlegte. Oben auf dem Joch hatten wir Vollpension gebucht, unten müssten wir Hotelzimmer suchen und ins Restaurant zum Essen gehen. Wir waren überwiegend Schwaben, Schwaben sind nicht geizig, nur sparsam. Ich kam deshalb zu dem Entschluss: >Wir montieren Schneeketten und versuchen, auf das Joch zu kommen. Bleiben wir irgendwo stecken, können wir immer noch umdrehen und zurückfahren. Also auf, Schneeketten montieren.<. Sechs Frauen waren sich einig: >Du musst es wissen und du musst die Ketten montieren, wir haben keine Ahnung, wie das geht!<.

Alles klar, ich hatte verstanden. Montier du mal die Ketten, wir schauen zu. Ein Auto fuhr an uns vorbei, die Straße hinauf, ohne Ketten. Trotz mehrmaliger Versuche kam er nicht weit. Nach einer halben

Stunde hatte ich die Ketten montiert, für jede Kette 7 ½ Minuten, nicht schlecht, lobte ich mich selbst. Zu meiner Frau, die den zweiten Wagen fuhr, sagte ich: >Du fährst dicht hinter mir in meiner Spur. Den Weg musst du nicht suchen, häng dich einfach an meine Rücklichter. Wenn du hängen bleibst, sehe ich das im Rückspiegel und halte an, wenn ich hängen bleibe, das siehst du sowieso. Wir fahren langsam im 2. Gang. Gib nicht zu viel Gas, die Räder drehen sonst durch, das darf nicht passieren. Du schaffst das schon.<. Begeisterung sieht anders aus. Es war dunkel geworden, der Schneefall hatte nicht nachgelassen. Ich fuhr los, ich sah, dass auch meine Frau wegkam und brav hinter mir herfuhr. So wühlten wir uns erstaunlich problemlos von Kehre zu Kehre die 39 Kehren zum Joch hinauf. Es war geschafft. Unsere Autos standen unversehrt auf dem Parkplatz. Wir stiegen aus und dann stapften sechs Schneefrauen und ein Schneemann durch das immer noch dichte Schneegestöber zum Albergo. Schneebedeckt öffnete ich die Tür zum Gastraum, trat ein, sah die Padrone Emilia und sagte einfach >bona sera, Emilia.< Dann begann für mich der gefährlichste Teil der Reise. Emilia stutzte, sah mich überrascht an, wunderte sich, dass bei diesem Wetter überhaupt jemand die Gaststube betrat, und erkannte mich. Sie stürzte auf mich zu, drückte mich an ihren voluminösen Busen und rief nur immer wieder >Santa Madonna, santa Madonna, santa Madonna!<. Ich bekam fast keine Luft mehr. Schließlich ließ sie mich los, Benedetto, Wirt und Skilehrer, kam auf mich zu, begrüßte mich ebenfalls herzlich mit einem Blick in den Augen, der mir zu sagen schien: >Du bist kein Tourist, du bist einer von uns.<. Mir sollte es recht sein.

Aus den Autos holten wir die notwendigsten Utensilien, die wir zu benötigen glaubten. Emilia tischte auf, was ihre Küche hergab, dazu einige Gläschen Wein aus der Lombardei und dann sanken wir müde nach diesem wirklich ereignisreichen und aufregenden Tag in unsere Betten.

Ein neuer Tag begann. Nachts hatte es weiter geschneit, aber am Morgen schien wieder die Sonne von einem wolkenlosen Himmel.

Der Sturm hatte sich verzogen. Die Skipisten, gepflegt wie immer, lockten, uns trieb es hinaus ins Skivergnügen. Mit dem Kübellift hinauf und in großen Schwüngen wieder hinab, es war herrlich. Frühstück, Skifahren, Mittagessen, in der Sonne vor dem Albergo ausruhen und wieder hinauf auf die Piste, abends dann gemütlich im Albergo bei einem guten Wein, so verging Tag um Tag bei schönstem Sonnenschein. Wir hatten uns präzise den schlechtesten Anreisetag ausgesucht.

Es sollte uns aber nicht zu wohl werden. Der Montag unserer zweiten Woche war angebrochen. Die Pistenraupen hatten nachts wieder gearbeitet, wir fanden bestens präparierte Pisten vor. Ich war vorausgefahren und hielt so etwa 300 Höhenmeter über der Lifttalstation an. Rechts an der Piste war ein großer Schneehaufen, den die Pistenraupen zurückgelassen hatten, der etwas in die Piste hereinragte. Von oben kam Bettina, meine Schwägerin, heruntergefahren, direkt auf den Schneehaufen zu. Ich rief ihr zu „Stopp!", aber sie hörte nicht, fuhr in den Schneehaufen hinein – und blieb liegen. Ich hatte sofort ein ungutes Gefühl. Nicht schon wieder, schoss es mir durch den Kopf. Vor Jahren hatte ich sie schon einmal aus einem Schneehaufen „gerettet", ich kannte sie damals überhaupt noch nicht und ahnte nicht, dass sie einmal meine Schwägerin werden würde. Ich fuhr zu ihr hinüber und fand im Schnee ein Häufchen Elend mit schmerzverzerrtem Gesicht, das sich das rechte Knie hielt. Ich versuchte, ihr aufzuhelfen, erntete aber nur einen Schmerzensschrei. Die anderen fünf Freundinnen standen mittlerweile auch, entsetzt, insbesondere aber rat- und hilflos, um das Häufchen Elend herum.

Situationsanalyse. Selbst fahren konnte Bettina auf keinen Fall. Hilfe holen? Handy gab es damals noch nicht. Heli? Gab es auch noch nicht, so wenig wie einen Motorschlitten. Also hinunterfahren, eine Rettungsmannschaft organisieren, die erst aufsteigen musste, das würde dauern. Die Sonne schien zwar, aber es war doch kalt im Oktober in 3000 m Höhe. In einer schwierigen Lage erst einmal nichts zu tun und in Ruhe Überlegungen anzustellen, mag manchmal richtig sein. In der Situation, in der wir uns befanden, war das sicher falsch. Entsetzte, aber auch erwartungsvolle Gesichter sah ich rings um mich herum. Bettina war zierlich, sie mochte so fünfzig Kilo wiegen. Eine brauchbare Lösung schoss mir in den Kopf. „Traust du dich, dich an mich festzuklammern, wenn ich dich auf den Rücken nehme und das kurze Stück herunterfahre?" fragte ich sie. „Ich mache alles, was du willst, aber bring mich hier herunter", stöhnte sie. Also ihre Ski abgeschnallt, von den um die Unglücksstelle herumstehenden Freundinnen bekam je eine einen Ski, die dritte Bettinas Stöcke, die vierte meine Stöcke und die fünfte half mir, Bettina auf den Rücken zu nehmen. Sie schlang, wenn auch unter Schmerzen, ihre Beine um meine Hüften, die Arme um meinen Hals, ich hielt sie mit meinen Armen fest und fuhr ganz langsam in weiten Bogen den Rest der Piste hinunter bis zur Lifttalstation. Von dort trug ich sie die wenigen Meter auf den Armen in unser Albergo. Emilia war entsetzt, Benedetto erfasste rasch die Situation und trug Bettina mit mir zusammen in ihr Zimmer. Wir legten sie vorsichtig auf ihr Bett. Benedetto hatte sicher reiche Erfahrungen mit Skiunfällen. Wir zogen ihr die Skistiefel, die Skihose und die Skiunterhose aus, Benedetto schaute sich das schmerzende Knie an, tastete, wir hörten Bettinas Schmerzensschrei. Benedetto sagte mir in aller Ruhe, die sicher angebracht war, „Knie kaputt, sie muss ins ospedale nach Bormio, heute zu spät, aber morgen. Ich telefoniere mit ospedale." Am nächsten Morgen packten wir die stöhnende Bettina in mein Auto, ihre Schwester, also meine Frau, fuhr mit, wir fuhren die 39 Kurven, jetzt im Sonnenschein, den wir aber nicht so recht genießen konnten, nach Bormio hinunter. Im Krankenhaus wurden wir schon erwartet. Die Verständigung war zuerst etwas schwierig, denn Italienisch, zumal den lombardischen Dialekt, verstanden wir nicht. Deutsch sprach dort aber auch niemand, mit Englisch ging es dann aber recht gut. Bettina wurde in ein Untersuchungszimmer gefahren. Meine Frau und ich warteten, was blieb uns auch immer übrig. Nach einiger Zeit kam ein Arzt und erklärte uns, er und sein Team könnten das

Knie schon operieren, aber ein normales Krankenhaus sei eben keine orthopädische Klinik, es bestehe die Gefahr, dass das Knie steif werde. Sein Vorschlag: Er werde das Kniegelenk punktieren, damit die heftige Schwellung zurückgehe. Dann werde er das Knie fixieren und die Patientin transportfähig machen. Wir könnten sie dann nach Deutschland in eine orthopädische Klinik bringen. Wir sollten Bettina zwei Tage im ospedale lassen, dann könnten wir sie wieder abholen. Bettina war nicht gerade glücklich, aber schließlich doch einverstanden. Was blieb ihr auch anderes übrig? Ich versprach ihr, sie in zwei Tagen wieder abzuholen. Zurück aufs Joch, die Fahrt war bei Tag doch wesentlich einfacher und jetzt, nachdem wir Bettina versorgt wussten, schöner als bei Nacht im Schneesturm. Die Stimmung war allerdings doch etwas gedrückt. Nach zwei Tagen rief Benedetto wieder im ospedale an. „Du kannst Bettina abholen", sagte er zu mir in seinem besten Deutsch.

Also fuhr ich, diesmal allein, wieder die 39 Kehren hinunter nach Bormio, wer sollte es auch sonst tun. Im Krankenhaus saß Bettina schon transportbereit vor der Tür in der Sonne. Schmerzen hatte sie offensichtlich keine mehr, aber gehen konnte sie nicht. Zwei junge Schwestern halfen mir, Bettina in meinem Auto bequem unterzubringen, dann ging es die 39 Kehren wieder hinauf aufs Joch. Bettina ging es ganz gut, aber laufen – halt, gehen konnte sie nicht. Hier erscheint mir eine sprachliche Einfügung erforderlich: Wenn der Düsseldorfer geht, läuft der Schwabe. Wenn der Düsseldorfer läuft, rennt der Schwabe und wenn der Düsseldorfer rennt, saut der Schwabe.

Es waren noch zwei Tage bis zur Abreise. So lange musste Bettina Geduld haben. Abends wurde sie von Benedetto und mir die Treppe hinauf in ihr Zimmer getragen und den übrigen fünf Damen zur weiteren Versorgung übergeben. Morgens konnte ich sie alleine nach unten bringen. Sie saß dann in der Sonne, die glücklicherweise immer schien, liebevoll von Padrone Emilia versorgt und umsorgt.

Der Abreisetag war gekommen. Wir verpackten Bettina auf dem ganz nach hinten geschobenen Beifahrersitz in meinem Auto, sie schien es einigermaßen bequem zu haben. Eine der fünf verbliebenen Freundinnen, Marianne, fand auf der Rückbank meines Wagens Platz, die anderen vier fuhren im Wagen meiner Frau. Wir verabschiedeten uns von Emilia und Benedetto und dann ging es eben die 39 Kehren wieder hinunter, über den Foscagnopass nach Livigno, durch den Schmugglertunnel ins Val Müstair, aber dann nach links nach Zernez ins Unterengadin im Schweizer Inntal Richtung Österreich. Uns bot sich ein traumhafter Blick. Keine Wolke am Himmel, Lärchenwälder, die sich schon rot und gelb verfärbten und dahinter die weiß beschneiten im Sonnenlicht glitzernden Berge, die sich von uns verabschiedeten.

Der Rest ist rasch erzählt. Wir erreichten gegen Abend Stuttgart, an der ersten Straßenbahnhaltestelle bestand Marianne darauf, hier auszusteigen. Sie könne mit der Straßenbahn nach Hause fahren. Das ersparte mir den Weg quer durch die Stadt oder Marianne den Weg nach Pfullingen, Bettinas Heimat und eine gute halbe Autostunde von Stuttgart entfernt.

In Pfullingen angekommen, läutete ich an Bettinas Haus, ihr Mann, den wir telefonisch von dem Unfall seiner Frau verständigt hatten, kam die etwa dreißig Stufen in drei Absätzen von der Haustür zur Straße herunter und stand etwas hilflos da. Ich ging davon aus, dass er seine Frau jetzt ins Haus tragen würde, aber er stand eben nur da und überlegte. Da nahm ich halt kurz entschlossen Bettina wieder auf die Arme und trug sie hinauf ins Wohnzimmer. „Aber jetzt müsst ihr alleine zurechtkommen", verabschiedete ich mich.

Bettina kam ins Krankenhaus mit einer orthopädischen Abteilung, wurde operiert und wieder vollständig hergestellt. Das verletzte Knie machte ihr keine Beschwerden mehr.

Ich habe zwei Erlebnisse am Schauplatz Stilfser Joch erzählt, Erlebnisse aus den siebziger Jahren des vorigen Jahrhunderts. Die

Stilfser Joch Straße ist heute von Motorradfahrern, Mountainbikern, hochgezüchteten Sportwagen übervölkert, sie ist immer noch anspruchsvoll, aber bei der gebotenen Vorsicht nicht gefährlich. Die Steigung mit 7 % bedeutet auch keine Herausforderung. Weshalb galt sie aber auch noch in den siebziger Jahren als besonders gefährlich? Die Gefahr war mehr psychologischer Natur. Die Straße war längst nicht so gut ausgebaut wie heute, an der Streckenführung hat sich schließlich bis heute nichts geändert. Die Straße hatte aber so gut wie keine Seitenbegrenzung an der jeweiligen Talseite der Serpentinen, keine Mauer, keine Leitplanke, nichts. Die Straße war zwar asphaltiert, der Asphaltbelag war bei weitem nicht in dem heutigen guten Zustand. Die Serpentinen lagen und liegen natürlich auch heute noch übereinander. Der Blick hinunter über alle unterhalb des eigenen Standorts liegenden Serpentinen und die Erkenntnis, dass der geringste Fahrfehler über den Straßenrand hinaus oder auch nur eine leichte Kollision mit einem anderen Fahrzeug zu einem absolut tödlichen Absturz über viele Serpentinen hinweg führen konnte, ist für viele Fahrer erschreckend oder sie fahren eine solche Strecke nicht, weil sie einfach Angst haben. Angst ist aber ein schlechter Fahrerbegleiter. Und auch heute dürfte kaum jemand auf die Idee kommen, bei Nacht in einem dichten an einen Sturm heranreichenden Schneefall auf das Stilfser Joch fahren zu wollen. Dazu muss man schon Erfahrungen mitbringen, die ich weitere 20 Jahre zuvor auf einer 15000-Kilometer-Reise im Wüstensand und in einem reichlich unwegsamen Hochgebirge machen konnte. Der Vergleich der Zeit vor 50 oder 60 Jahren mit der heutigen Zeit schien mir reizvoll genug, die zwei Anekdoten, die ich festgehalten habe, zu Papier zu bringen.

Winters Olivia Emma

Kurzgeschichten

Das Geburtstagsgeschenk

Was wäre das Leben ohne Humor? Wie eine Suppe, der das Salz fehlt. Was kann denn als noch befreiender wirken, als über uns selbst lachen zu können? All jene bizarren Situationen, Verstrickungen und Begebenheiten, die sich uns manches Mal im Alltagsleben bieten, sind an Komik und Ironie nicht zu überbieten. Ist es das, was uns so manches Mal zu fehlen scheint? Diese Unbefangenheit, diese Leichtigkeit, nicht alles immer gleich auf die goldene Waage legen zu müssen, zu beurteilen, in Gut oder Schlecht zu trennen, sondern einfach einmal darüber zu lachen? Das Leben ist ernst genug, traurig genug, man sehe sich nur die Nachrichten an. Mit dem Leben kommt der Ernst, heißt es, kommt die Verantwortung, und die wiegt schwer. Doch wir selbst haben es in der Hand, was wir uns zumuten möchten, was wir uns auferlegen, und es macht einen Unterschied, ob ich ernst und schwermütig durchs Leben schreite oder mit einer gesunden, starken Fürsorge mir selbst gegenüber und einer positiven, gemütsfrohen Lebenseinstellung. Und was hilft noch mehr in trüben, schweren Zeiten, wie wir sie immer wieder erleben und durchleben, als die Erinnerungen an heitere, besonnene Tage, lustige Begebenheiten und überraschende, unvorhersehbare Situationen. Und da fällt mir eine solche aus Kindheitstagen ein.

Ich und meine Schwester waren wohl zwölf und zehn Jahre alt, und der Geburtstag unserer Mutter kündigte sich an. Also wollten wir ihr etwas zu ihrem besonderen Tag schenken und plünderten dazu unser Sparschwein. Wir überlegten, was unserer Mutter wohl am meisten Freude bereiten würde, und da fiel uns ein, wie erleichtert und froh sie doch erst kürzlich war, als sie das Waschmittel in der

Garage fand. Sie hatte wohl vergessen, welches zu kaufen, und freute sich umso mehr, noch einen Rest in einem Karton gefunden zu haben. Also ging ich mit meiner kleinen Schwester zum nahegelegenen Supermarkt, und wir kauften Waschmittel. Aber einen großen Karton, dann würde die Freude der Mutter auch dementsprechend groß ausfallen. Es war schwer, diesen nach Hause zu tragen, aber gemeinsam schafften wir es. Und Mutter freute sich wirklich. Die Überraschung war groß, es war ihrem Gesichtsausdruck anzumerken. Vater lachte schallend, aber der hatte ja keine Ahnung von Geschenken. Das sagte Mutter jedenfalls, als er ihr einen Angelgutschein zum Hochzeitstag schenkte. Ich fand, bei unserem Geschenk sah sie glücklicher aus.

Der Anfang einer Liebesgeschichte

Ich erinnere mich noch lebhaft an die Geschichte, wie Angie und Paul sich vor ein paar Jahren kennenlernten. Es ist wohl eine der schönsten und außergewöhnlichsten Geschichten, die ich je gehört habe. Angie schenkte beim Oktoberfest in München aus. Eine Augenweide, jung, blond mit blauen Augen, in einem, an der Taille enganliegenden, knielangen Dirndl mit weitem Ausschnitt, so muss man sich vorstellen, hat sie also den ganzen Tag Bier ausgeschenkt. Und wie es bei solchen „kulturellen" Veranstaltungen auch so manches Mal vorkommen kann, gibt es da auch welche, die sich wohl überschätzen und das eine oder andere Glas zu viel intus haben, was dann infolgedessen zu all jenen säufnisbedingten Ausbrüchen verschiedenster Art führen kann. Von missverständlichem Gegröhle, Beschimpfungen, niveaulosen Anmachsprüchen, bis hin zur Hand, die „aus Versehen" auch mal Körperteile berühren kann, die ein Gentleman sich nicht mal trauen würde anzuglotzen. Irgendwann wurde das dann Paul zu viel, der alles vom Tisch nebenan mitbekommen hatte. Sehr verärgert und energisch stand er auf und wies die Wüstlinge zurecht: „Werden Sie es sofort unterlassen, meine Gattin derartig zu belästigen?" Da verstummte das Besäufnisgelage, und alle entschuldigten sich betroffen und beschwichtigend. Das hätte man ja nicht gewusst. Als ob das einen Unterschied gemacht hätte. Wie wenn es gerechtfertigt gewesen wäre, eine Singlefrau derartig in Bedrängnis zu bringen. Doch auch Angie selbst war in dieser Situation verstummt, denn sie kannte den jungen Mann ja überhaupt nicht, der da für sie aufgestanden war und sich für sie und ihre Ehre so eingesetzt hatte. Es sollte mehr Männer wie Paul geben. Das habe ich ihm auch gesagt, und er stimmte zu. Nicht nur auf dem Oktoberfest.

Das magische Gurkenglas

So kam es eines Tages, als Angie mir ganz unverblümt das Geheimnis ihrer langen Beziehung preisgab. Nicht, dass es eine perfekte Verbindung als solche überhaupt gibt, dass es unsere Verschiedenartigkeit im Wesen oder Charakter ist, was uns hierbei im Wege zu stehen scheint, noch verschiedene Ansichten oder Wertvorstellungen. Es ist vielmehr die Art und Weise, wie wir mit jenem umgehen oder was wir aus jenem Potenzial schöpfen, das uns zur Verfügung steht. Und bei Angie und Paul ist das nicht anders als bei allen anderen Paaren auch. Es kriselt da und dort, es brodelt vor sich hin, bis es irgendwann dann zum Überlaufen kommt und man die Suppe wohl oder übel auszulöffeln hat. Erspart bleibt es keinem. Und doch musste ich schmunzeln, als Angie mir erzählte, dass es Gurkengläser waren, die ihre Partnerschaft eigentlich jedes Mal retteten. So banal dies klingen mag, so effizient verhält sich gleichzeitig jene Methode. Denn jedes Mal nach einem Streit mit Paul ging sie nach einer Weile mit einem verschlossenen Gurkenglaserl zu ihm, um ihn zu bitten, dieses zu öffnen. Und danach war zwischen ihnen wieder alles gut. Das Gurkenglas hatte seine magische Wirkung nicht verfehlt. Einerseits kann Paul stolz sein, seiner Frau in einer ausweglosen Situation geholfen zu haben, sie sozusagen gerettet zu haben vor der Schmach, gegen ein Gurkenglas kläglich gescheitert zu sein. Und andererseits sieht Angie sich bestätigt, einen starken Mann an ihrer Seite zu haben, der für sie seine ganze Manneskraft einsetzt und das Gurkenglas besiegt. Wenn das nicht Liebe ist, was dann?

Ein Schreck in der Tenne

Ich erinnere mich an ein amüsantes Erlebnis, als ich diesen Sommer in meinem Häuschen in Seefeld verbrachte. Ich schlief in der Tenne, welche über dem Bett auf beiden Seiten rechts und links ein kleines Fenster hatte. So erhöht bot sich einem ein traumhafter Ausblick: ringsum die Felder und der angrenzende Wald. Wirklich idyllisch und friedlich. Ich schlief immer gut. An jenem Morgen, es dürfte so 5 Uhr gewesen sein, hörte ich ein Auto in der Einfahrt. Kurz danach noch andere Geräusche, welche ich nicht zuordnen konnte. Ein verirrter Tourist, überkam es mich, und ich beschloss, dem nicht weiter Beachtung zu schenken. Doch plötzlich bemerkte ich, wie jemand auf einer hohen Leiter, welche an der Hausmauer seitens der Tenne gelehnt worden war, emporkletterte. Das riss mich aus meiner schlaftrunkenen Ruhe. Kleine Gardinen waren an den Fenstern angebracht, wodurch ich die Umrisse eines Fremden wahrnahm, der da hochkam. Ich erschrak fürs Erste, bis ich erleichtert feststellte, dass es sich bei dem jungen Mann um einen Kaminkehrer handelte, der da aufs Dach stieg. Da fiel mir ein, dass ich eigentlich schon seit einem Jahr darauf wartete, dass der Kamin geputzt wird. Was für ein Zufall, dass ausgerechnet dann, wenn ich einmal zugegen bin, was ja ohnehin selten der Fall ist, jenes ohne Vorankündigung erledigt wird. Sven musste lachen, als er das hörte. Ja, die Rauchfangkehrer haben ihren eigenen Zeitplan, merkte er an. Die kommen und gehen, wann es ihnen gerade so passt, fand ich. Ist das jetzt noch zu tolerieren oder schon frech? Aber Sven meinte, dass es ja ein ganz junger Rauchfangkehrer im Dorf ist, der mich sicher nicht mit Absicht derart erschrecken wollte. Hoffentlich hat er mich so leicht bekleidet nicht durchs Fenster gesehen, überkam es mich. Aber wie kann auch eine Frau, die allein in solch einem alten Bauernhaus übernachtet, damit rechnen, dass ein fremder Mann auf einer Leiter hochgeklettert kommt? Da gab mir Sven Recht.

Wulfinghoff Karin

Kurzgeschichten

Ich hab 3 Haare auf der Brust, ich bin ein Bär!
Als passionierte Saunagängerin begegne ich bei diesen Gelegenheiten jedes Mal Gestalten unterschiedlichster Formen und Farben.
Natürlich haben gerade Personen der Generation 60+ nicht mehr die Körper griechischer Götter, die meisten Jüngeren übrigens auch nicht, aber das ist halt der Natur geschuldet und der Gang der Dinge. Man kann nicht immer 20 bleiben, auch wenn man die Kosmetikindustrie nach Kräften unterstützt und leider feststellen muss, dass sämtliche Cremes, Lotionen und Verjüngungsmittelchen so gut wie keine Wirkung zeigen.
Die Haut sieht halt aus wie ein 20 Jahre alter Pfirsich, und die Oberarme haben eher Flügelspannweite als Bizeps.
Aber das ist halt so, „machse nix dran".
Was die Körperbehaarung betrifft, hat sich in den letzten 20 Jahren allerdings sehr viel geändert, und der Spruch: Du hast Beine wie ein Reh, so schlank und so behaart! ‚trifft auch auf die meisten Damen nicht mehr zu.
Selbst die Herren, vor allem die Jüngeren, greifen heutzutage oft zum Rasierer, nicht nur um ihr Gesicht stoppelfrei zu präsentieren, sondern um sich sämtlicher, und damit meine ich „sämtlicher" Körperbehaarung zu entledigen.
Ob es nun schöner macht, keine Haare am Sack zu haben, und ob ein freigelegter Schniedelwutz größer erscheint, möchte ich dahingestellt lassen.
Aber jedem das Seine!
Und dann kam er!!!
Er hatte nicht nur die Ausmaße eines normannischen Kleiderschranks, Bud Spencer hätte sich hinter ihm verstecken können,

er zeigte auch eine Körperbehaarung, bei der ein Orang-Utan vor Neid erblassen würde.

Nicht nur vorne, auch die Rückenbehaarung ließ die darunter liegende Haut kaum erahnen.

„Ich hab 3 Haare auf der Brust, ich bin ein Bär!" ‚wäre eine völlig unzureichende Bezeichnung.

Das Gesicht war allerdings glatt wie ein Babypopo.

Meine Güte, das nenne ich mal „Abseits des Mainstream".

Nun ja, viel würde ihm eh nicht übrig bleiben, die Enthaarung in einem Waxing-Studio wäre für die Servicekräfte eine Lebensaufgabe.

Dieser Mann trug seinen Pelz mit so viel Stolz wie meine Oma ihren Persianer.

Irgendwie fand ich es sowohl erstaunlich als auch erfrischend, mal wieder auf Menschen zu treffen, die sich echt was trauen.

Gute Vorsätze

Auslöser sind meist die Sünden des Wochenendes:

Am Freitag hatte man beim Griechen die „Alle Götter des Olymp Platte" bestellt und natürlich auch bis auf die letzte Pommes vertilgt, am Samstag beim Italiener gab es die Pizza Giganta, und am Sonntag musste Omas Buttercremetorte auf den Tisch.

Am Wochenende darben, geht natürlich gar nicht, und so fasst man den festen Entschluss: Ab Montag!

Die Liste der Montagsvorsätze ist zuerst recht lang: Weniger essen, mehr Sport, das Fahrrad nehmen, keine Süßigkeiten, nur noch gesunde Sachen einkaufen, kein Alkohol, und und und, die Vorsätze sind zwar individuell verschieden und reichen von Vatters – nur noch 3 Flaschen Bier pro Abend über Sohnemanns – 18 Std. World of Warcraft sind schon krass bis zu Muttis – wie heißen noch mal diese Abnehmpillen?

Eine Gemeinsamkeit haben sie alle: Montags geht es hart zur Sache, Dienstag relativiert sich der Eifer und ab Mittwoch ist der Geist zwar noch willig, aber das Fleisch wird zunehmend schwächer. Am Donnerstag ist dann der Kipppunkt erreicht, und man sagt sich: Morgen ist ja schon Wochenende, und dann gelten andere Regeln.

Als ich am Samstag auf die Waage stieg, signalisierte sie mir: Bitte nicht in Gruppen betreten!

Ok, ab Montag!

Vorsichtshalber schrieb ich meine Vorsätze auf eine Liste, die dann auch einen Ehrenplatz am Magnetboard in der Küche bekam.

Frühstück: Nur ein halbes Brötchen mit Magerquark – ohne Marmelade!

Mittagessen: Ein Salat.

Abendessen: 2 Kartoffeln mit dem restlichen Magerquark.

Die Getränke beschränkten sich auf Kaffee, Fanta Zero und zur Belohnung am Abend eine Diät-Cola.

Der Montag lief auch ganz gut, bis auf den Abend, es wurden doch 4 Kartoffeln, und Kräuterquark schmeckt einfach nicht ohne einen Schuss Sahne.

Am nächsten Morgen stieg ich dann auch voller Hoffnung auf die Waage, und ich hatte 600 g ZUGENOMMEN!!!

Nun, kleine Rückschläge muss man aushalten.

Der Dienstag startete auch noch recht diszipliniert mit einem halben Käsebrötchen, und da ich mittags tierischen Hunger hatte, schnitt ich mir ein Ei und ein ordentliches Stück Feta in den Salat.

Das rettete mich über den Tag. Abends lehnte ich eine Einladung zum Italiener ab, gönnte mir stattdessen ein Käsebrot mit Gurke und Tomate und trank dazu ein Glas Wein. Ich war stolz auf mich!

Mittwochmorgen zeigte die Waage einen ersten Erfolg, ich hatte 200 g abgenommen, ok, das waren dann de facto immer noch 400 g zugenommen, aber immerhin!

Ob dieses Erfolges gönnte ich mir ein ganzes Brötchen zum Frühstück, es ist immerhin die wichtigste Mahlzeit des Tages, und mittags blieb es bei einem Salat, mit Krabben, Ei, Käse und einer leckeren Cocktailsauce.

Der Abend war hart, ich saß allein vor der Glotze und konnte der Sendung namens „Das perfekte Dinner" nur mit Mühe folgen. Meine Gedanken kreisten um alles, was Kühlschrank und Eisfach zu bieten hatten, und das war eine Menge. Das Eisfach war einfach viel zu voll, etwas musste unbedingt raus.

Ich entschied mich für Pommes und Bratwürstchen. Eine halbe Stunde später saß ich mit einem gut gefüllten Teller vor dem Fernseher, strich mir Senf auf die Würstchen, garnierte die Pommes in rot/weiß und war zum ersten Mal in dieser Woche ordentlich satt.

Am Donnerstag ging ich prophylaktisch nicht auf die Waage und versuchte mich und meinen inneren Schweinehund davon zu überzeugen, dass ich ganz bestimmt nicht zugenommen hätte, also, so what!

Ab Freitag galt natürlich die Wochenendregelung: Nicht darben!

Ok, das mit dem Abnehmen war also eine mehr oder weniger illusorische Angelegenheit.

Also Plan B: Sport, aber das ist eine andere Geschichte.

Die Kleiderschränke

Habe ich eigentlich schon mal erwähnt, dass ich von jeher ein Faible für außergewöhnliche Kleidung habe? Nun, die, die mich kennen, tendieren in ihren Äußerungen meist zwischen ... Oh, strange, irre, sehr individuell oder ... welchen Theaterfundus hat sie denn diesmal geplündert? Mir war das schon immer relativ egal, und ich trage nach wie vor genau das, was mir gerade gefällt. Nun gut, wenn ich mit einem Herrn ausgehe, darf er meist zwischen 3 verschiedenen Outfits wählen und sich dann für das ihn am wenigsten irritierende entscheiden. Solange er nicht sagt: „In dem Fummel kannst du 3 Meter vor mir hergehen, und wenn einer fragt; wir sind uns noch nie begegnet!", ist alles in Ordnung. Auf jeden Fall habe ich heute mal meine 3 Kleiderschränke mit „Nichtsanzuziehen" inspiziert, 3 Stapel mit JA, NEIN, VIELLEICHT eingerichtet, den

VIELLEICHT-Stapel in VIELLEICHT und „VIELLEICHT erstmal waschen" unterteilt und dann vor dem Spiegel durch „Mal reinschlüpfen" überprüft, was auf welchen Stapel gehört. Der Stapel für „Das kann ich doch noch tragen" war erwartungsgemäß recht hoch, der VIELLEICHT-Stapel nahm auch reichlich Platz ein und auf dem NEIN-Stapel dümpelten 2 einsame Teile, die nach 40 Jahren wirklich ausgedient hatten, vor sich hin. Wozu hatte ich eigentlich 2 große Altkleidersammlungstüten herausgesucht? Der „VIELLEICHT erstmal waschen"-Stapel wanderte in die Maschine, und ich warte jetzt ab, wie er wieder herauskommt. Möglicherweise wird das den NEIN-Stapel etwas auffüllen, oder, was wahrscheinlicher ist, es kommt ein neuer Stapel dazu: Vielleicht erstmal bügeln!

Die Herrensauna

Ich neige gelegentlich dazu, Regeln zu ignorieren, vor allem dann, wenn ich sie als zweckfrei erachte.

Gegen meine Gewohnheiten war ich heute mal an einem Mittwochvormittag im Muselerhaltungsetablissement und schritt nach dem Training, wie immer, in Richtung Sauna. Heute sei aber bis 12.00 Herrensauna, hörte ich hinter mir eine aufgeregte Frauenstimme. „Ja und", antwortete ich, ging in den Saunabereich und hatte ihn, wie erwartet, ganz für mich alleine.

Ich begab mich also in die Sauna, absolvierte im Liegen und Sitzen ein paar sehr effektive Dehnübungen, die ich zugegebenermaßen nur dann mache, wenn ich wirklich allein bin… es könnte die Mitinsassen doch irritieren …und genoss es in vollen Zügen, die ganze Sauna mit niemandem teilen zu müssen.

Gerade hatte ich mich zum zweiten Gang in den Schwitzmodus begeben, als ein älterer Herr hereinkam, kurz stutzte, und in Oberlehrertonfall sagte: „Heute ist Herrensauna!" „Haben Sie ein Problem damit?", fragte ich freundlich, und als er sagte, „Nein, aber …", antwortete ich mit einem amüsierten „Dann ist ja gut."

Er war weniger amüsiert und meinte, es gäbe Regeln, nach denen müsse man sich richten, und bis 12.00 wäre nun mal Herrensauna! Es wäre sein Recht, die Sauna für sich allein zu haben.

Ich überlegte einen Moment, ob mein Anblick, so wie Gott mich geschaffen hat, einen Anlass bieten würde, die Sauna postwendend rückwärts wieder zu verlassen, und ich kam zu der Auffassung, dass dies nicht der Fall sei.

Wenn mir einer mit „mein Recht" kommt, reagiere ich manchmal etwas allergisch. Ich fragte ihn daraufhin, ob er eigentlich wisse, dass man neuerdings per Gesetz das Recht habe, sein Geschlecht frei zu wählen.

Wenn man sich als Frau, oder wie in meinem Fall als Mann fühle, habe man das Recht, auch als solcher behandelt zu werden.

Ich würde mich auf jeden Fall für die nächste halbe Stunde als Mann fühlen, und dann sei ich hier genau richtig!

Das verschlug ihm dann doch die Sprache und er brummte irgendwas von rot-grün versiffter Gendermentalität.

Ich schwitzte meinen Saunagang zu Ende, verabschiedete mich freundlich und verließ, Hüften schwingend, jetzt wieder als Frau, den Saunabereich.

Es ist doch schön, wenn man sein Geschlecht frei wählen kann, auch wenn es nur für eine halbe Stunde ist.

Bewerten Sie dieses Buch auf unserer Homepage!

www.novumverlag.com